Jörg Borgerding   Nächste Abfahrt Paslam

D1665649

Jörg Borgerding

Nächste Abfahrt
Paslam

Auslesen - Verlag

Inhalt

Vorrede zu „Nächste Abfahrt Paslam"

Ja, und dann fragten die Leut', ob das, was im ersten Buch über Paslam - „Paslam, Bayern" heißt es - ob das, was darinnen stünde schon alles sei, was es über mich und den Hubert Mooshammer, der wo mein bester guter Freund war, so lange er lebte, zu berichten gäbe. Und dann habe ich das erwähnte Buch, also „Paslam, Bayern", noch einmal meinem geistigen Ohr vorgetragen - ich kann's auswendig, weil, ich hab's ja geschrieben! - und dann festgestellt: Nein, das war noch längst nicht alles, was es über meinen Berti, unser Paslam und mich zu erzählen gibt.
Ja, und dann sagten die Leut': „Mei - wenn da noch mehr zu berichten ist, warum tust du es dann nicht?" Und so hab ich mich hingesetzt und alles aufgeschrieben, was mir noch eingefallen ist aus dem Leben von meinem Berti und mir und der Marie und mir und den anderen und mir und mir und Paslam. Und herausgekommen ist dieses Buch.

Im Vorwort zum ersten Buch über Paslam, das - wie gesagt - „Paslam, Bayern" heißt, erzählte ich den Leserinnen und Lesern etwas Grundsätzliches über mich und Paslam und Bayern. Zum Beispiel, dass ich gar kein Bayer bin, weil ich nämlich gebürtig aus dem Norden stamme, und dass es mich im harten Alter von nur wenigen Tagen nach Paslam gebracht hat, weil meine Familie dort hin übersiedelte. Dass ich in Paslam aufwuchs, zur Schule ging, dass ich dort eine Einheimische geheiratet habe - meine Marie nämlich - die uns zwei Kinder schenkte, den Ludwig und das Liesl. Und dass ich sehr rege am Paslamer Kulturleben teilnehme und sogar schon lange im Kirchenrat von St. Elke zu Paslam tätig bin, habe ich erzählt.

Und darüber, wie man selbst dann nach Paslam kommt, wenn man dort gar nicht hin möchte, habe ich im Vorwort berichtet.
Und dass ich von meinen Paslamer Mitbürgern immer noch nicht als vollwertiger Paslamer anerkannt werde, obwohl ich nun schon so viele Jahre, Jahrzehnte gar!, in Paslam lebe und man mich kaum von einem echten Paslamer unterscheiden kann, habe ich im Vorwort zu „Paslam, Bayern" mit einer gewissen Wehmut festgestellt.
Und dass ich all' die Geschichten im ersten Buch über Paslam nur erzählt und aufgeschrieben habe, weil ich hoffte, so die Anerkennung meiner Paslamer Mitbürger zu finden und als Paslamer anerkannt zu werden, schrieb ich.
Das alles muss ich Ihnen also nicht noch einmal erzählen, damit Sie wissen, worum es mir mit dem ersten Buch über Paslam - Sie wissen ja, wie es heißt - ging.

Leider hat es mit der Anerkennung und meiner vollständigen Paslamerisierung bis heute nicht geklappt.
So kommt es mir, zugegebenermaßen, nicht ganz ungelegen, dass die Leut' baten: „Mei - erzähl uns doch noch mehr von dir, dem Berti und Paslam in Bayern!" Und dann dachte ich: „Na gut - vielleicht, dass meine Freunde, Nachbarn und Mitbürger hernach sagen: Ja - so schreibt ein echter Paslamer!"
Also fang ich jetzt an.

Kindltal

Wenn man in Paslam hinauf zu St. Elke geht, von dort weiter zum Waldsee, an dessen Ostufer entlang schlendert und dem schmalen Pfad durch den Bergwald folgt, steht man bald vor einem schier undurchdringbar scheinenden Dickicht aus Nadelgehölz. So man sich trotzdem hindurch quält und Gefahr läuft, die Kleider zu zerreißen und zu beschmutzen und Hände und Gesicht zu zerschrammen, wehrt einem gleich danach ein Wall aus Felsgeröll, mehr als mannshoch, das Vorankommen. Ein jeder Wanderer oder Spaziergänger würde spätestens dort umkehren. Es sei denn, er oder sie oder er und sie sind jung und verliebt und stammen aus Paslam. Die beiden wüssten, was ihnen hinter dem Hindernis winkt: Das Kindltal.

Eine Idylle, die zu malen und ihr dabei gerecht zu werden, es eines Breughels, eines Caspar David Friedrichs oder zumindest eines Hallerberger Ludwigs, der vor langer Zeit die Deckengemälde in St. Elke geschaffen hat, bedürfte. So schmal das Tal, so hoch und steil dessen Felswände, und die Krone des Tals von Baumjuwelen gesäumt, die ihre Äste wie schützend weit über die Schlucht strecken, dass am Grund des Kindltals selbst der Mittag eines gleißenden Sommertages wie eine Abenddämmerung anmutet. Zu dunkel ist es dort unten, als dass ein Singvogel etwas aus seinem Repertoire zum Besten gäbe. Ein gemütliches Plätschern ist das einzige Geräusch - das Murmeln des Kindlbaches, der den Abfluss des Paslamer Waldsees bildet, sich durch die wenigen hundert Meter des Tälchens schlängelt, und eine ganze Weile, nachdem er es verlassen hat, in die Leitzach mündet.

Dicht an dicht stehen hier verwachsene Kiefern und Fichten, die auf der Suche nach Licht mehr in die Breite als in die Höhe gewachsen sind. Und zwischen den grünen Wänden, oft kaum einsehbar, gedeiht das Kindlmoos, so dick und weich, dass der

Ikea neidisch wäre, wenn er wüsste, wie sanft und bequem und anschmiegsam eine Unterlage sein kann, und dazu umsonst - wenn man von den leichten Blessuren absieht, die sich so ein Pärchen eingehandelt haben kann, bevor es im Kindlmoos des Kindltals versinkt und zur Begleitmusik des Kindlbaches jener Tätigkeit nachgeht, in deren Folge oft das daher kommt, was dem Tal und dem Bach und dem Moos den Namen gab.

Paslamer aller Generationen haben vieles aus dem Kindltal zu erzählen - Amüsantes, Dramatisches, Tragisches, und vor allem: Amouröses. Viele Paslamer wissen oder ahnen, dass ihre Eltern, als sie jung und unverheiratet waren und keinen Platz für sich und ihre Liebe hatten, weil deren Eltern und die Moral der strengen Zeiten es nicht duldeten, dass sich die jungen Leut' unterm Dach des Elternhauses mehr geben als nur Kosenamen oder harmlose Zärtlichkeiten, sich eben all das andere dort im Kindltal gaben. Und dabei ging es deren Eltern und Ureltern schon so, und zu ihrer Zeit suchten und fanden sie alle einen Ort, zu zweit allein zu sein, im Moos des Kindltals.

Und einmal hat es ein Paar, das seine Jugend schon lange hinter sich hatte, ins Kindltal getrieben. Gesucht haben sie - beide in Paslam geboren, getauft, die Kommunion empfangen, geheiratet, gearbeitet, Kinder gezeugt und geboren, die Ehepartner beerdigt - gesucht haben die beiden dort im Kindltal das, was zu finden sie sicher sein konnten. Und warum das so war, und was das Erstaunliche, geradezu Wunderbare an diesem Schäferstündchen eines späten Liebespaares war, das erzähl ich Euch nun. Ich habe es gewissermaßen aus erster Quelle erfahren, nämlich von meinem besten guten Freund solange er lebte, dem Hubert Mooshammer, der es mir am Ende einer lange Nacht anvertraut hat, in der Nacht jenes Tages, an dem es ihm seine greise Mutter erzählt hatte.

Nennen wir sie Josef und Maria, denn ihre richtigen Namen tun nichts zur Sache. Beide waren verwitwet und kannten sich schon von Kindesbeinen an. Und als sie eine ganze Weile um ihre Liebsten getrauert hatten, stellten sie fest, dass sie einander sehr mochten und fanden Gefallen an dem Gedanken, nicht immer gar so alleine zu sein, fanden auch Gefallen an dem Gedanken, sich noch einmal - oder auch mehrmals - das zu geben, was keineswegs ein Privileg der Jüngeren ist. Und da Maria und Josef in ihren Häusern nie ungestört sein konnten - da lebten auch Kinder und Enkelkinder - kamen sie überein, sich ein heimliches Plätzchen im Kindltal zu suchen, dort, wo sie vor Jahrzehnten als Kinder oftmals Liebespaare bei deren Tun belauscht hatten. Und an einem 13. Mai, es war ein sonniger und warmer Freitag, verabschiedeten sie sich von ihren Lieben daheim, sagten, sie machten einen Spaziergang und seien erst zum Abendessen wieder zurück. Und wenig später zwängten sich Maria und Josef durch das Tannengehölz, überwanden den Geröllwall, krochen auf allen Vieren zwischen Fichtendickicht hindurch und lagen sich dann endlich wie zwei verliebte Pennäler in den Armen.

Eine ganze Weile später, noch erhitzt an Leib und Seele, aber beide mit einem Leuchten in den Augen, über das sich ihre Familien noch tagelang wundern sollten, und das die beiden hernach immer wieder aufpolieren würden, ordneten sie ihre Kleider, tauschten noch einmal kleine Zärtlichkeiten aus, und traten - lachend über Josefs Bemerkung, man hätte vor Aufregung schier die Verhütung vergessen, und es möge um Gottes Willen nur kein Kindl auf dem Wege sein! - aus dem Kindlmoos ins Kindltal. Es sei noch so angenehm mild, befand Maria, und sie möchte noch ein wenig durchs Tal bummeln, die Stille und das Erlebte genießen, bevor man sich auf den Heimweg mache. Das war ganz in Josefs Sinn.

Und so schlenderten die Liebenden Hand in Hand talabwärts am Kindlbach entlang, beide still in ihren Gedanken treibend, als sich zu dem Gesang des Bächleins ein anderes Geräusch gesellte, das beiden zunächst fremd erschien. Aber mit jedem Schritt, den sie gingen, kam es ihnen bekannter vor. Und hinter einem großen Felsen, im Moos gebettet, fanden Maria und Josef ein wimmerndes Neugeborenes, gewickelt in ein dickes Tuch, und dem Kindl krabbelte eine Ameise über die Nase. Josef befreite den Kleinen - denn es war ein Junge, wie sich bald herausstellte - von dem Quälgeist und raunte seiner Maria zu, es wäre doch besser gewesen, an Verhütung zu denken.

Aus dem Wickeltuch schaute der Zipfel eines Zettels heraus. Die Maria nahm den Brief, las, und darinnen stand in ungelenker Handschrift geschrieben, es ginge nicht anders, und Gott sei ihr und dem Kinde gnädig und möge ihm liebevolle Zieheltern geben. Und da saßen die beiden Alten im Moos. Maria wiegte den Buben im Arm, ließ ihn an ihrem kleinen Finger zuzeln, was das Findelkind zunächst ein wenig beruhigte. Die beiden Kindlfinder beratschlagten, was zu tun sei, was getan werden könne. Und während sie hin und her überlegten, fielen ihnen gleichzeitig ihre gemeinsamen langjährigen Freunde ein, Max und Veronika.

Vroni und Maxl, damals beide schon in den Vierzigern, hatten alles, was zwei Menschen brauchen, um glücklich und zufrieden zu sein. Sie hatten sich, und sie hatten sich lieb. Ein schönes Haus nannten sie ihr Eigen. Max hatte eine gute Stellung als Prokurist beim Siemens in München, und Veronika war eine Hebamme, wie sie sich nur ein Schriftsteller ausdenken kann. Beide waren nie ernsthaft krank gewesen, waren angesehene Bürger mit einem großen Freundeskreis. Nur eines hatte ihnen das Leben verwehrt: So sehr sie sich auch bemühten, was sie auch versuchten - es war ihnen nicht vergönnt, ein Kind zu bekommen.

Die Vroni staunte nicht schlecht, als ihre alten Freunde an jenem späten Freitagnachmittag vor der Haustür standen, die Maria ein leise wimmerndes Bündel unter ihrem großen Schal verborgen haltend. Da kam auch schon Max von der Arbeit heim, und schnell war alles erzählt, bedacht und abgemacht. Maria eilte zum Edeka, kaufte Babynahrung und Windeln, erklärte der Kassiererin, es sei für ihre jüngste Enkelin, und war bald wieder zurück bei der Vroni. Die hatte das Kindlein inzwischen gewaschen und wickelte es nun und gab dem schon völlig Ausgehungerten endlich eine warme Mahlzeit. Und am nächsten Tag erschienen Max und Veronika Mooshammer beim Hochwürden Obliers, der damals Pfarrer der Gemeinde St. Elke zu Paslam war, und zeigten die Hausgeburt eines Jungen an, den sie - da der 13. Mai der Namenstag des André Hubert ist - auf den Namen Hubert Andreas taufen lassen wollten.

Alle in Paslam freuten sich über das späte Glück der Mooshammers; deren Erklärung, man habe nichts von dem anstehenden freudigen Ereignis verraten, weil's doch so lange gedauert hätte und man ein wenig abergläubisch sei, wurde ohne Misstrauen hingenommen. Bestärkt wurde dies durch die ohnehin stattliche Figur der Vroni, die stets den Eindruck einer Schwangerschaft erwecken konnte.

Und so fand sich zwei Wochen später an einem Sonntag halb Paslam in St. Elke zur Taufe des Hubert Andreas Mooshammer ein, den zeitlebens alle nur den Berti nannten. Und der Josef stand Pate, und er und Maria wurden dem Hubert gute und liebe und fürsorgliche Pateneltern, denen es noch viele Jahre vergönnt war, das Kind ihrer Liebe, wie sie den Berti nannten, wenn es keiner hörte, heranwachsen und gedeihen zu sehen.

14

Wie wir einmal einen Papagei gehabt haben

Und neulich traf ich den Rossbacher Micky wieder, der ja, Sie werden darüber gelesen haben, sehr aktiv im Miesbacher Stadtrat tätig ist, und dem man allgemein zutraut, in naher Zukunft erster Bürger seiner Stadt zu werden. Wir hatten uns seit sehr langer Zeit nicht mehr gesehen, und ich fragte den Micky, wie es dem Kotzbrocken ginge. Und der Micky lachte und sagte, der Kotzbrocken werde langsam etwas altersschwach, dennoch gäbe es immer noch ein großes Hallo!, wenn er etwaige Gäste der Rossbachers auf die ihm eigene Art begrüße, er hieße aber schon seit vielen Jahren nicht mehr „Kotzbrocken", sond ...

Ich fürchte, ich beginne, Sie zu verwirren, indem ich eine Geschichte mitten drin oder sogar am Ende anfange zu erzählen, was einen Leser leicht überfordern kann. Und daher fange ich jetzt von vorne an und höre dann damit auf, dass ich den Rossbacher Micky nach vielen Jahren wiedergetroffen habe.

Die Marie und ich waren noch sehr jung verheiratet und wohnten auch noch nicht in unserem Haus im Biermöslweg, weil das Haus noch gar nicht gebaut war. Nein, wir wohnten zur Untermiete bei den alten Kendlers, deren Kinder schon lange ausgezogen waren, und die, also die Eltern, darum das obere Geschoss ihres Hauses im Waldweg, zwei Zimmer, Küche, Bad, vermietet hatten, und zwar an uns, an die Marie und mich. Und wir hatten ja auch noch nicht den Ludwig und das Liesl, arbeiteten aber schon daran.
Ja, und weil wir beide die Tiere so liebten, hatten wir überlegt, uns ein Haustier anzuschaffen, und haben es uns auch von den Kendlers erlauben lassen und dann einen jungen Beo gekauft, weil die Beos Vögel sind, die bekanntlich sehr gut sprechen und

Geräusche nachmachen können, so dass man auch eine Gesellig-
keit und einen Spaß mit ihnen haben kann.

Jetzt muss ich kurz einmal unterbrechen, um den Klugscheißern
untern den Lesern dieser Geschichte den Wind aus den Segeln zu
lassen. Ich weiß es selber, sowieso, dass ein Beo kein Papagei,
sondern ein Star ist!
Aber - Klugscheißer!, wenn ich dieser Geschichte den Titel gegeben hätte *Wie wir einmal einen Star gehabt haben*, hätte doch kein
Schwein, respektive ein Leser, damit begonnen, diese Geschichte
zu lesen, weil - wen interessieren denn schon Geschichten über
kollektive Augenkrankheiten!?
So.

Wir nannten den Beo „Rüdiger", und es gelang uns nicht, ihm
das Sprechen beizubringen, über Wochen nicht. Bis an dem
Abend, als der Berti wieder einmal bei uns war.
Der Hubert Mooshammer war schon damals mein allerbester
guter Freund und arbeitslos, weil er bei seiner letzten Anstellung
im Bayrischen Hof in Tölz, wo er schon seit drei Wochen als
Kellner tätig gewesen war, einem Gast eine Gulaschsuppe über
den Kopf geschüttet hatte, und zwar mit Absicht, und dem Gast
darüber hinaus ein Sortiment kräftiger Watschen angeboten hatte.
Zur Entlastung vom Berti sei gesagt, dass es sich bei dem Gast
um einen Sommerfrischler aus Hessen gehandelt hat, was dem
damaligen Chef vom Berti, der ein Franke war, was wohl alles
sagt, aber egal gewesen ist. Wie gesagt war der Berti, der damals
bei uns aus und ein ging - mehr ein als aus, weil er sich bei uns
sauwohl fühlte und die Marie auch mochte und sie ihn damals
auch noch, und weil er es zuhause schwer hatte, weil seine Eltern
ihn immerzu drängten, eine neue Arbeit anzunehmen, und das

war für den Berti, der immer ein sehr anspruchsvoller Mensch gewesen ist, nicht leicht, weil er nicht den Lackel für irgendeinen Chef machen wollte, wie er es formulierte - also der Berti war oft am Abend bei uns zu Gast und wir schauten oft gemeinsam fern. Ja, und an einem Abend, wir sahen gerade die Tagesschau, und es war irgendwas mit dem Kanzler Schmidt und der RAF, da sagte der Berti, der sehr wohl eine klare politische Meinung hatte und auch immer dazu gestanden ist, der Schmidt sei ein Arschloch, ein ganz hinterfotziges, weil er mit dem Verbrecherpack verhandele statt es einfach umbringen zu lassen. Und um das soeben Gesagte zu unterstreichen, rief der Berti nochmals und auch recht laut in Richtung des Fernsehers aus: „Arschloch, hinterfotziges!"
Ja, und das bekam der Rüdiger mit, der in unserem Wohnzimmer in seinem stattlichen Käfig saß und ebenfalls fern sah, und dann sagte der Rüdiger „Arschloch, hinterfotziges", und es waren dies die einzigen zwei Wörter, die der Rüdiger jemals lernte.

Und es sollte der Rüdiger an jenem Abend nicht nur das hören und lernen. Kurz nachdem der Berti dem Beo ungewollt die ersten Worte und somit dessen gesamten Wortschatz beigebracht hatte, ging ich in die Küche, um für mich und den Berti zwei Flaschen vom Hopf aus dem Kühlschrank zu holen. Dabei tat es dieses typische Geräusch, das mit Worten zu beschreiben die Wortgewalt eines Dostojewski, eines Kafka oder eines Marquez bedürfte, wobei ich mir allerdings schwerlich vorstellen kann, dass einer der drei genannten Literaten jemals jenes Geräusch beschrieben hat, das ertönt, wenn man mit einer Hand zwei Bierflaschen aus dem Kühlschrank herauszieht - nämlich ein gläsernes Schleifen, gefolgt von einem hellen Klang, wenn die beiden Flaschen aneinander schlagen. Und dieses Geräusch imitierte der Rüdiger wenige Minuten, nachdem ich es erzeugt hatte, so gekonnt, dass die Marie, die in eine Frauenzeitschrift versunken war, murmelte, heut hätten wir aber einen Durst, dass

17

wir schon wieder zwei Weiße bräuchten, wo ich doch grad zuvor zwei geholt hätte.

Mit den genannten zwei Wörtern und dem hier nicht näher beschrieben Geräusch, das Sie aber ganz leicht selbst erzeugen können, wenn sie nicht gerade Weintrinker, oder, schlimmer noch, Antialkoholiker sind, war die sprachliche und phonetische Ausbildung des Rüdigers dann beendet.

Sie werden sich vorstellen können, dass wir von da an nicht mehr viel Freude am Rüdiger hatten, und dass die Marie dem Berti schon ein wenig böse war, auch wenn ich meinen Freund damit entschuldigte, dass es zwei ganz normale Wörter der bayrischen Kommunikationskultur seien, die der Berti geäußert hatte, um seine Meinung zum Kanzler und der RAF kundzutun.

Jedenfalls kam es am nächsten Tag schon zu einem ersten Eklat, gewissermaßen, als die Frau Kendler am Abend zu uns kam, um ein Paket vom Otto abzugeben, das sie am Morgen angenommen hatte, weil die Marie und ich zur Arbeit waren, und der Rüdiger die Frau Kendler, die eine sehr freundliche und feinsinnige Dame war und es auch immer noch ist, mit „Arschloch, hinterfotziges!" begrüßte.
Wir haben uns dann ziemlich bei der Frau Kendler entschuldigt und dem Rüdiger sofort ein Tuch übergeworfen, beziehungsweise seinem Käfig. Woraufhin der Vogel, offensichtlich beleidigt, das Geräusch zweier aus dem Kühlschrank gezogener und aneinanderschlagender Halbliterflaschen vom Hopf nachahmte. Laut genug, dass die Frau Kendler es hörte, und - wir konnten es ihrer Miene ansehen - Schlüsse daraus zog.

Ja, und einige Tage später, an einem Wochenende, der Rüdiger hatte zwischenzeitlich sowohl die Marie, als auch mich und den Berti und andere Besucher immer wieder mal bayrisch gegrüßt, kamen dann die Eltern der Marie zu Besuch, die es immer noch nicht so recht verwunden hatten, dass die Marie nicht nur eine Beziehung, sondern sogar eine Ehe, und die ausgerechnet mit mir, eingegangen war.

Wir hatten den Rüdiger, von dessen Anschaffung wir meinen Schwiegereltern seinerzeit telefonisch berichtet hatten, und die den Vogel aber noch nie hatten sprechen hören, vorsorglich in unserem Schlafzimmer deponiert, und die Marie hatte sogar den Käfig nicht nur mit dem normalen Schlaftuch abgedeckt, sondern darüber hinaus auch noch mit einer Steppdecke. Allein - es nützte nichts.

Meine Schwiegermutter hatte gerade eine Suada beendet, deren zentrales Objekt ich war und das, was ich meiner Frau, also der Marie, bot, beziehungsweise nicht bot, weil ich, wie die Schwiegermutter süffisant andeutete, ein Hallodri sei, und zwar ein ganz windiger, der es niemals im Leben zu Nichts bringen würde. Und in die Ruhe am Ende der Rede hinein, während ich noch überlegte, wie ich mit diesen Vorwürfen umgehen sollte, und mich schon beinahe entschlossen hatte, sie unerwidert hinzunehmen und die Worte meiner Schwiegermutter durch Taten Lügen zu strafen, was mir dann auch im Verlauf der Jahre gelang - also in die Ruhe hinein, während der die Marie, deren Vater und ich betreten und ein wenig peinlich berührt auf die Schuhspitzen starrten, ertönten aus dem Schlafzimmer heraus jene zwei Wörter, die Sie sich wohl schon denken können. Meine Schwiegermutter schreckte zusammen, und mir brach der kalte Schweiß aus.

Und dann begann der Rüdiger mit einer wahren Zwei-Flaschen-vom-Hopf-aus-dem-Kühlschrank-holen-Orgie. Meine Schwiegermutter war entsetzt. Und als sie ihrem Entsetzen Ausdruck verlieh, indem sie, als der Rüdiger, nachdem er gut und gerne eine ganze Kiste aus dem Kühlschrank geholt hatte, also indem meine Schwiegermutter eine Pause einlegte und entrüstet sagte, na, und ich würde dem Tier ja schöne Sachen beibringen, und es wäre objektiv gesehen besser, wenn ein solches Subjekt wie ich nicht darüber nachdächte, Kinder in die Welt zu setzen, und die Marie stotternd zu einer Entschuldigung ansetzte, während ich mir auf die Zunge biss um nicht laut loszulachen, und - ich bin mir sicher, obwohl er es mir nie zugegeben hat! - es meinem Schwiegervater ebenso wie mir erging, grüßte der Rüdiger die Schwiegermutter gleich dreimal und lautstark wie nie zuvor aus dem Schlafzimmer heraus. Schwiegermama hat dann ihren Mann bei der Hand genommen und sie haben uns wortlos verlassen, und die Marie hat gesagt, der Vogel müsse nun weg.

Wir haben dann später alles eingerenkt, indem wir die Schwiegereltern besuchten, mit einem riesigen Blumenstrauß für Maries Mutter und einem Hennessy für den Schwiegervater, und die Marie ihren Eltern erzählte, dass ich zum Abteilungsleiter befördert war und wir uns einen Bauplatz am Biermöslweg gekauft hätten, und dass die Sache mit dem Rüdiger des Bertis Schuld sei, einzig und alleine des Bertis Schuld, was ich nicht guthieß, es aber die Marie um des lieben Frieden willen sagen ließ, ohne dass ich den Berti dabei verraten habe, weil, ich hab's ihm erzählt, was geschehen war, und dass die Marie ihn als den Schuldigen hingestellt hätte, aber das war dem Berti egal, weil er eine solche Freude an der Geschichte hatte, über die er noch Jahre später immer wieder gelacht hat, wenn wir mal am Stammtisch darauf zu sprechen kamen.

Ach so.
Ich bin Ihnen ja noch das Ende der Geschichte, welches ja schon oben, also am Anfang, begonnen hat, obwohl es da gar nicht hingehört, schuldig.
Also.

Ich hab dann, nachdem die Marie beschlossen hatte, sich vom Vogel zu trennen - was ich durchaus nachvollziehen konnte, war er doch unwiderruflich für eine gepflegte Kommunikation verloren - den Rüdiger in den Paslamer Boten gesetzt:

Beo, ca. drei Monate alt, mit nicht ganz stubenreinen Manieren, in gute Hände günstig abzugeben. Preis VS.

Ja, und am Tag, als die Anzeige im Boten stand, das ist nun bald 20 Jahre her, erschien dann der Rossbacher Micky bei uns. Der Micky war damals ein begeisterter Anhänger der noch jungen Punk-Szene und entsprechend gekleidet und frisiert. Wir wurden uns schnell einig und der Micky nahm den Rüdiger, der sein neues Herrchen sofort zünftig begrüßte und auf zwei gekühlte Flaschen vom Hopf einlud, was der begeistert aufnahm, mit, und beschloss sofort, den Vogel nicht Rüdiger zu nennen, weil das, wie der Micky damals sagte, ein „wahrer Scheißname sei, wie ihn nur verkackte Bürgerärsche einem Spießervogel geben könnten", und taufte den Beo spontan in „Kotzbrocken" um.
Und fortan sah man den Micky, der damals noch in Paslam wohnte, häufig im Bürgerpark herumlungern, den Beo auf seiner Schulter hocken, ein Fußgelenk des Vogels gefesselt an ein Kettchen, dessen anderes Ende verknüpft mit einem Ring in des Mickys Nase. Und der Micky hatte eine Riesengaudi, wenn der Vogel vorbeiflanierende Bürger herzhaft grüßte.

Wie die Zahnarztpraxis vom Doktor Birgl ihren Niedergang nahm und schließlich in Verfall fiel

Ich hab den Doktor Birgl ja schon gekannt, da war er noch jung und hatte gerade seine Praxis in Paslam eröffnet, als mir der Alvers Kurt beim Handballspiel den Ellbogen in die Fresse gerammt und mir dabei ein Stück vom Frontzahn rausgebrochen hat, das der Birgl dann kunstgerecht ersetzte.

Er war eine Institution in Paslam, der Birgl, nämlich eine medizinische, und war wohl der beste Zahnarzt, den man sich hat denken können, und darum waren wir, seine Paslamer Patienten, alle sehr traurig, als es mit seiner Praxis steil bergab ging und er dann nach Polen fliehen musste.

Aber ich greife den Geschehnissen schon wieder vor.

Das Ende nahm seinen Anfang an jenem Tag, an dem der Doktor Birgl, der wo seit vielen Jahren und einigen Jahrzehnten seine Praxis in Paslam betrieb, vom Weißbier zu trockenem Dornfelder wechselte.

Allerdings gab es zwischen dem Ende der Praxis und dem Anfang des Endes vom Praxisbetrieb eine Zwischenzeit, die auch nicht ganz ohne war, und die sowohl einige Patienten des Zahnarztes, darunter auch meinen besten guten Freund, als auch die Praxisleiterin vom Birgl, die Gudrun Karsing, an den Rand des Zumutbaren, und - im Fall der Assistentin - sogar zur Kündigung nach rund 20jähriger Zusammenarbeit brachte. Und schuld am ganzen Schlamassel war - es wird Sie kaum überraschen - eine Frau. Nämlich die vom Birgl.

Die Marianne Birgl war schon immer eine Dame und dazu eine von Welt - also teuer. Während ihr Gatte eher die einfachen Dinge des Lebens schätzte - bayrische Küche, bayrisches Bier, bayrische Musik - schwärmte die Marianne immer eher für die Haute Cuisine, Champagner und Free Jazz. So eine Allianz kann auf Dauer nicht gut gehen.

Der Birgl verbrachte seine freie Zeit gerne beim Angeln am Paslamer Waldsee oder an einem unserer zahlreichen Gebirgsbäche, oder beim Wandern in unseren herrlichen Paslamer Alpen, und nahm bei besagten Wanderungen gerne eine Brotzeit auf einer Hütte zu sich - ein Brot mit kräftigem Speck oder würzigem Käse, Gurken und eine oder zwei Helle dazu, während die Marianne lieber nach München fuhr und dort in feinsten Restaurants Speisen aß, von denen ich nicht einmal weiß, wie sie geschrieben werden.
Der Birgl stammt gebürtig aus Miesbach, und die Marianne hat er beim Studium in München kennen gelernt - sie kommt aus Niedersachsen. Wie bereits gesagt - so eine Ehe kann einfach nicht gut gehen.

Ja, und als der Birgl dann seine Praxis in Paslam eröffnete und das Geld noch nicht in größeren Mengen auf seinem Konto lagerte, da hat die Marianne, die von Winsen an der Luhe nach München an die Isar gespült worden war, und dort nach knapp zwei Jahren ihre Ausbildung zur Zahnarzthelferin schmiss, und stattdessen ein Leben in der Münchner Bohéme zu führen begann - da hat also die Marianne ihrem Beppo anfangs sogar noch beim Bohren, Reißen und Brückenbauen assistiert - bis dann nach ein paar Jahren genug Geld da war, der Birgl die Karsing eingestellt und die Marianne das vom Beppo erarbeitete Geld ausgegeben hat.

Na, dem Birgl war's egal. Was brauch ich Geld, wenn ich beim Fröschl Kredit habe, hat er scherzhaft zu sagen gepflegt. Und er hat ja wirklich nicht viel gebraucht. Von seinem Haus zur Praxis ist er mit dem Radl gefahren, und im Sommer, wenn er die Praxis für drei Wochen geschlossen hat und seine Frau nach Jamaika oder Réunion oder Hawaii in einen fünf-Sterne-Urlaub flog, ist der Birgl rauf zum Aiplspitz, oder runter zum Spitzingsee, oder hat im Garten gesessen und den Ludwig Thoma gelesen.

Nur einmal waren wir ein wenig überrascht - als wir erfuhren, dem Birgl seine Gattin hätte ihn zum Geburtstag mit einer sündhaft teuren Golfausrüstung und einer Jahresmitgliedschaft im Tegernseer Golfclub überrascht. Und da haben einige von uns gedacht - aha, der Birgl, jetzt steigt er doch auf in die Riege der Großkopferten! - aber er hat die Platzreife nie geschafft und ist dann einfach nicht mehr hingegangen, weil ihm das ganze Getue der Golfer auf die Molaren gegangen sei, hat er uns bald darauf bei der Paslamer Kirchweih erzählt.

Hab ich schon gesagt, dass eine solche Beziehung …?

Ah - ja, hab ich schon.

Mit den Jahren wurde es immer schlimmer mit der Marianne, weil, das Altern tat auch bei ihr das, was es gerne tut: Es schlug zu. Und damit wurde die Marianne, auch wenn man es kaum für möglich hielt, immer sprunghafter, noch unberechenbarer, zickiger und - teurer. Die Hautcremes und Peelings und Spezialmassagen, die sie ihrem alternden Körper angedeihen ließ, wurden immer kostspieliger, bewirkten aber nichts. Also beschloss die Marianne, dem Alter noch nachhaltiger entgegenzuwirken.

So ließ sie sich neue Frontzähne verpassen, weil ihr die alten zu alt waren, und das ließ sie natürlich nicht von ihrem Gatten sondern von einem teuren aber angesagten Kollegen in München machen. Und dann ließ sie sich das Kinn straffen und die Augenlider auch, und womöglich auch noch die Brüste, aber auf jeden Fall ließ sie ihre Wangen liften und ihre Backen auch, damit sie noch in 36 passte.

Aber gespart hat sie an Brille oder Kontaktlinsen - dafür war sie zu eitel. Und so kam es dann, dass der Birgl gar nicht so schnell Zähne reißen und Brücken bauen konnte, wie seine Marianne mit ihren diversen 911ern im Landkreis Miesbach - weiter ist sie zum Glück nie gefahren - die Abschleppdienste und Reparaturwerkstätten mit Arbeit und ihren Mann mit den Rechnungen dafür versorgt hatte.

Ja, und der Riss in dieser unmöglichen Lebensgemeinschaft entstand dann, als die Marianne ein neues Haus hat haben wollen, weil ihr das alte zu spießig und klein war und Paslam ihr überhaupt als ein mit Deppen gefülltes Kuhdorf erschien, und deswegen hat sie ihren Beppo gedrängt, alles in Paslam aufzugeben und nach Schwabing in ein schickes Penthouse zu ziehen und sich dort in eine gutgehende Gemeinschaftspraxis einzukaufen.

Da ist dann dem Beppo der Kragen geplatzt, was die Marianne aber nicht weiter gestört und sie gesagt hat, na, und dann zöge sie halt alleine nach Schwabing, den Mietvertrag fürs Penthouse hätte sie sowieso schon unterschrieben, und er solle nur dafür sorgen, dass sie regelmäßig ihre Apanage bekäme, und er möge doch bei der Bemessung ihrer Unterhaltszahlungen bitte daran denken, dass der Dom Pérignon beim Käfer um ein Mehrfaches teurer wäre als wie beim Tumm, obwohl der Tumm überhaupt niemals keinen Dom Pérignon nicht im Sortiment hatte, weil, so hat der Basti Tumm gesagt, außer der Marianne Birgl niemals wer danach gefragt hat, und dass er für diese Schnepfe sowieso niemals keinen Edelchampagner nicht kaufen würde, weil es ein Rotkäppchen auch täte.

Aber, wie gesagt, die Marianne hat dezent auf das Preisgefälle zwischen München und Paslam hinweisen wollen, und der Birgl hat's zunächst nicht verstanden. Aber als die ersten Rechnungen von Innenarchitekten, Handwerkern, Partyservices, Boutiquen, Feinkosthändlern und Nobelrestaurants eintrudelten, da wurde er es gewahr, was die Marianne gemeint hatte. Und da, wie gesagt, hat es einen Riss in der Beziehung zwischen den beiden und auch in der Seele vom Beppo gegeben.

Der Birgl hat dann, um nicht pleite zu gehen, zunächst sofort die Öffnungszeiten der Praxis geändert. Und zwar hat er nun zwei Stunden früher begonnen zu arbeiten, also um 7 in der Früh, und hat dafür abends zwei Stunden länger geschafft, nämlich bis um 20 Uhr. Die Mittagspause hat er auf 30 Minuten reduziert, und zusätzlich hat er noch samstags von 7 bis 16 Uhr praktiziert, und zur Entlastung der Karsing hat er für 400 Euro im Monat eine polnische Zahnarzthelferin, nämlich die Jadviga, eingestellt.
Leerlauf gab es nicht, denn der Birgl hatte einen guten Ruf als Zahnmediziner, weit über die Mauern Paslams hinaus. Und so verkürzten sich für seine auswärtigen Patienten - uns Paslamer hat er sowieso immer bevorzugt behandelt - die Wartezeiten für eine Behandlung deutlich, und das Wartezimmer vom Birgl war trotz längerer Arbeitszeiten nie leer, was auch daran lag, dass die Jadviga sowohl eine sehr ansehnliche als auch eine einfühlsame Zahnarztassistentin war. So hat sie zum Beispiel den weiblichen Patientinnen, wenn etwa eine Wurzelresektion oder die Extraktion eines Frontzahnes anstand, während der Behandlung unablässig die Wangen gestreichelt und ihnen gut zugeredet, wohingegen sie sich in ähnlichen Situationen bei einem männlichen Patienten auch schon einmal über den Leidenden gebeugt hat, so, dass sie ihn dabei wie zufällig mit ihren weiblichen Attributen an Arm oder Kopf berührte.

Aber die Marianne Birgl wurde in ihren Forderungen und in ihren Geldausgaben immer dreister, und der Beppo kam mehr und mehr mit den Nerven herunter. Und dann fiel es bald auf, dass er schon bei den ersten Terminen des Tages eine Fahne hatte, und zwar eine Rotweinfahne, denn er trank sowohl nach Feierabend als auch vor Dienstbeginn und dazwischen auch den trocknen Dornfelder vom Aldi, der gut war und billiger betrunken macht, als es das gute Weißbier vom Hopf vermag, das der Birgl zuvor gerne und aber nur in Maßen getrunken hatte.

Und als die Marianne ihr 80 Quadratmeter großes Wohnzimmer mit einigen kleinen aber echten Chagalls schmücken zu müssen meinte, verschwand der Birgl nach jedem zweiten oder dritten Patienten in seinem Aufenthaltsraum und kam mit einer aufpolierten Fahne wieder heraus.

Ja, und dann war es bald so weit, dass man kompliziertere Zahnbehandlungen vom Doktor Birgl nur noch am frühen Morgen durchführen lassen konnte, und sich ab dem Nachmittag besser nur noch zu Routinekontrollen einfand.

So, da hat der Birgl dann also von früh bis spät gearbeitet, und das fast ohne Pause. Und wenn er dann am Abend heim kam, waren in der Post schon wieder neue Rechnungen von der Marianne. Und dann hat er sie oft angerufen und sie zur Rede gestellt und zur Sau gemacht oder machen wollen, aber das ist umgekehrt wohl besser gelungen. Und dann hat der Birgl nicht schlafen können und die halbe Nacht gesoffen, kam am nächsten Morgen verkatert zur Arbeit und hat zum Frühstück, und um den Kater zu vertreiben, gleich mal ein Glas vom Roten getrunken.

Und zu der Zeit kam der Beppo auch öfter als zuvor in den Ochsen oder zum Fröschl, und hat sich dann auch gerne zu uns gesetzt und sein Leid geklagt. Und er war immer schnell sehr weinerlich, was einerseits wohl vom Dornfelder und andererseits nicht von Ungefähr kam. Und wir hatten auch schon ein Mitleid mit ihm. Das hat aber nix genützt. Und an einem Abend, als es ganz besonders arg war, hat er dann tatsächlich angefangen zu weinen und hat gesagt ja, und es sei doch einmal eine Liebe da gewesen zwischen ihm und der Marianne, und die könne doch nicht einfach so fort sein, die Liebe, die müsse doch noch irgendwo sein, hat er uns gefragt, und keiner konnte ihm eine Antwort geben, und dann hat er sie sich selbst gegeben, die Antwort auf seine Frage, und die lautete nämlich, dass die Liebe in den Motor eines 911er oder in den Rahmen eines Chagall gefahren sei.

Allein - vom Trinken wurde ja nichts besser, und die Marianne saugte dem Beppo das Geld vom Konto wie ein Vampir nach hundertjährigem Schlaf der Jungfrau das Blut aus den Adern. Und der Birgl wurde immer unzuverlässiger und immer jähzorniger und nervöser. So rauchte er auch von Tag zu Tag mehr, was der Karsing, die eine militante Nichtraucherin war, und die ihrem Chef, der immer ein sehr maßvoller Raucher gewesen ist, gut zwanzig Jahre lang beinahe jede Zigarette ranzig geredet hatte, ein Gräuel war, und sie hat es den Birgl auch wissen lassen, dass es nicht gut sei, wenn er zwischen zwei Patienten drei Zigaretten rauchen täte. Und da ist der Birgl laut geworden und hat gesagt, na gut, und wenn er schon nicht mehr Herr in seiner eigenen Praxis wäre, dann könnt er ja gleich alles dicht machen, und sie, die Karsing, und auch die Jadviga könnten ja gehen, und dann hat die Karsing ihn beschwichtigt und gesagt, ja, und so wär's doch nicht gemeint gewesen.
Na, und dann hat der Birgl dem Landsberger Luis einen versteckten Weisheitszahn ziehen müssen, und dazu musste er den Kiefer aufsägen, und es war eine sehr komplizierte Operation, und der Birgl hat nicht schlecht geschwitzt, beinahe mehr noch als wie der Luis, hat der Luis am Abend danach im Ochsen erzählt. Und dass der Birgl immer nervöser geworden wäre, und hätte sich plötzlich eine Zigarette angesteckt, und hatte von irgendwoher einen Aschenbecher, und den hat er dem Landsberger, der ja flach gelagert war, auf die Brust gestellt und gesagt, da, und er solle den

28

mal halten. Und während dem Luis trotz der von Jadviga geleiste-
ten Absaugarbeiten das Blut aus dem Maul lief, hat der Birgl
immer wieder mal im Sägen, Meißeln und Ziehen inne gehalten
und am Zigarettchen gesaugt, bis dann der Weisheitszahn, der
elendige, endlich heraus war.

Die Birgl'schen Absonderlichkeiten, die aus diesem einst so
feinen und besonnenen Mann einen wahren Berserker gemacht
haben, gipfelten dann schließlich darin, dass er, um das optimale
Kapitalergebnis zu erzielen und eine Ruhe vor der Marianne zu
kriegen, auf die Idee kam, die Karsing, die ja ursprünglich Friseu-
rin gelernt hatte, bevor sie sich zur Zahnarzthelferin hat umschu-
len lassen, könne doch den Patienten und Patientinnen, während
er, der Birgl, denen im Maul herumfuhrwerke, die Haare schneiden oder sie rasieren, oder beides, und eine Maniküre wäre auch
denkbar. Auch wenn er wie von Sinnen war, als er das seiner
Assistentin vorschlug - er hat es ernst gemeint, und als die Karsing darauf verständlicherweise eher unwirsch reagierte, hat der
Birgl einen Zornesausbruch gekriegt und sie, die Karsing, wegen
Arbeitsverweigerung fristlos entlassen, und die hat gesagt, ja, und
das wäre gar nicht nötig gewesen, sie hätte es sowieso nicht mehr
länger mit ihm ertragen, und hat ihm und der Jadviga direkt den
Kittel vor die Füße geworfen und ist gegangen und nicht mehr
wieder zurückgekommen, nach beinahe 20 Jahren.

Ja, und ganz schlimm erwischt hat's dann meinen besten guten
Freund, den Mooshammer Berti. Der Berti kriegte Schmerzen im
Backenzahn, etwas für ihn ganz Unbekanntes. Es hat sich ja mein
Berti, so lange ich ihn kannte, niemals nicht die Zähne geputzt.
Er hat immer gesagt, bei einer vernünftigen Ernährung - also zu
jeder Mahlzeit ein Stück trockenes Brot verzehren, keine Süßig-
keiten essen und immer viel trinken - blieben die Zähne sowieso
gesund, auch ohne Zahnbürste und Zahnarzt. Außerdem war der

Berti überzeugt, vom vielen Herumscheuern an den Zähnen, zudem mit Chemikalien, mache man auf die Dauer jeden Zahnschmelz kaputt. Das sei, sagte er, und hatte damit wohl nicht völlig unrecht, so, als wenn man sein Auto zweimal täglich waschen würde, dann täte der Lack auch bald traurig ausschauen.

Ja, und dann haben den Berti die Zahnschmerzen also doch erwischt, und er ist zum Birgl und kam auch sofort auf den Stuhl und hat gesagt, der Letzte unten links sei es. Na, und der Birgl war an dem Tag schon recht grantig und hat zum Berti gesagt, das zu beurteilen solle er doch ihm, dem Birgl, überlassen. Und dann hat er dem Berti ins Maul geschaut und gesagt, ja, und es sei nämlich der Vorletzte unten links, denn der sähe schon sehr schlimm aus. Und der Berti hat noch gesagt, nein, der Vorletzte sei es nicht, der sähe schon sei zehn Jahren schlimm aus und habe noch nie weh getan, und es sei der letzte Backenzahn, der schmerzen würde! Und der Birgl hat dann gefragt, wer denn die Zahnmedizin studiert hätte, der Berti oder er, und ob er, der Berti, schon einmal gehört hätte, dass Zahnschmerzen auch in Regionen gesunder Zähne strahlen würden. Na, und der Berti war ja zeitlebens ein Mensch, der wo einem anderen Menschen niemals dessen Kompetenz, wenn er denn eine hatte, in Abrede stellte. Und da der Birgl durchaus als kompetent galt, hat er sich gefügt, der Berti, und der Birgl hat ihm eine Spritze gegeben und den vorletzten Zahn unten links gezogen.

Und als zwei Stunden später die Wirkung der Spritze nachließ, waren des Bertis Zahnschmerzen wieder da. Und dann ist mein bester guter Freund gleich wieder hin zum Birgl, und so wütend hat man ihn wohl selten oder gar nie erlebt, den Berti, wie an jenem Nachmittag, als er in die Zahnarztpraxis stürmte und direkt ins Behandlungszimmer hinein, wo der Birgl grad dem Wimmerl eine Plombe erneuerte, und er hat geschrien und getobt, geradezu, der Berti, und hat gesagt, er wäre ein Pfuscher, ein ganz miserabliger, der Birgl, und jeder Frisör - selbst der greise Adolf Weiß, wäre ein besserer Zahnarzt als wie er, der Birgl.

Und dann ist er raus und hat die Tür zugeknallt und ist mit dem Taxi nach Schliersee und hat sich da den richtigen Zahn ziehen lassen.

Und der Wimmerl hat am Abend beim Tarocken erzählt, das, was der Berti gesagt hätte, habe den Birgl ganz sichtlich getroffen. Er hätte den Wimmerl dann noch zu Ende behandelt, wortlos und leichenblass - aber fachlich ganz tadellos, wie der Prälat mehrfach betonte, und hat die Jadviga die noch wartenden Patienten nach Hause schicken lassen, weil es ihrem Chef nicht gut ginge, hat sie sagen müssen. Und am nächsten Tag hing dann ein Schild an der Tür: „Praxis b.a.w. geschlossen".

Und dann ging alles ganz schnell. Binnen weniger Tage waren sowohl das Haus vom Birgl als auch seine Praxis samt Einrichtung verkauft, und man munkelte, das sei so schnell gegangen, weil der Birgl es für einen Apfel und ein Ei geradezu verramscht hätte. Und als die Frau Doktor Blattert ihre Praxis in des Birgls ehemaligen Räumen eröffnete, und die Karsing als erste Helferin einstellte, war der Beppo Birgl schon mit der Jadviga auf und davon, nämlich nach Polen, genauer gesagt, direkt nach Warschau.

Und da, in der polnischen Hauptstadt, haben die beiden unter Jadvigas Namen eine bald florierende Zahnarztpraxis eröffnet. Der Beppo war ihr Angestellter und bekam von der Jadviga ein Monatsgehalt von umgerechnet 400 Euro, und somit war für die Marianne bei ihm nix mehr zu holen.

Nachdem sie ihren Anteil am Verkaufserlös der Birgl'schen Praxis und des Hauses durchgebracht hatte, was nur wenige Monate dauerte, und zudem aus ihrer Penthousewohnung in eine 1 ½-Zimmerwohnung umgezogen war, musste sie, die Marianne, seit Jahrzehnten erstmals wieder arbeiten. Seitdem verdient sie ihren Lebensunterhalt als Buffetkraft in einer Wurstbraterei im Münchner Hauptbahnhof.

Die Ehe der Birgls wurde dann auch bald geschieden, und der Beppo hat seine Chefin geheiratet. Und die Gisela Blattert ist uns Paslamern eine recht gute Zahnärztin, obwohl sie aus dem Schwäbischen stammt.

Wie ich einmal mit der Marie ein sehr gutes Gespräch geführt habe

Ja, das war an einem Samstagabend.

Jetzt muss ich, bevor ich von dem sehr guten Gespräch an jenem Samstag erzähle, kurz einmal auf das Verhältnis zwischen der Marie und mir eingehen. Es ist nämlich so, dass die Marie und ich immer viel miteinander gesprochen haben, auch, als wir schon sehr lange zusammen und verheiratet waren. Und das ist ja, wie man aus diversen Fachzeitschriften für partnerschaftliche Kommunikation, wie „Freundin", „Tina", „Bella" und ähnlichen weiß, nicht selbstverständlich.

Wir - also die Marie und ich, sprachen immer sehr viel miteinander und über alles, was nötig ist. Also - ich hab der Marie schon Bescheid gesagt, wenn die Biervorräte im Keller ein bedenkliches Mindestmaß angenommen haben. Und wenn ich nachts so laut schnarchte, dass die Marie nicht schlafen konnte, sagte sie es mir auch, am nächsten Morgen. Und die Marie sagte mir alles, was sie von ihren Nachbarinnen über die anderen Nachbarinnen erfahren hat. Und ich sagte der Marie immer, wo ich hin gehe, wenn ich fort ging. Auch wenn sie es auswendig wusste, wann ich meine Stammtischabende, mein Tarocken und meine Kirchenratssitzungen hatte.

Wissenschaftler haben ja ausgerechnet, dass in einer langjährigen Beziehung nur noch acht Minuten kommuniziert wird am Tag. Da kann ich nur lachen! Das erledigt bei uns die Marie schon immer zwischen Aufstehen und Zähneputzen, und zwar für uns beide.

Also, wie gesagt, die Marie und ich, wir sind eine Beziehung, in der immer gesprochen wurde. Und doch meinte die Marie an jenem Samstag, wir müssten einmal sprechen, und ich sagte, ja, sicher, gerne, und wie es denn am Abend wäre, beim Gottschalk, weil die Marie den immer gerne sieht, ich aber weniger. Genau genommen sehe ich die zottelige Plaudertasche so ungern wie der Schrebergärtner den Maulwurfshügel. Und da hab ich gedacht, das könnt passen, und so hab ich ein wenig Ruhe vor dem Depp.

Ja, und die Marie hatte dann am Abend auch eine schöne Gemütlichkeit hergerichtet - Erdnussflips, kleine Brezeln, Salzstangen und eine Weiße vom Hopf für mich, und für sich Sojacracker und einen Kräutertee, wegen der Ayurveda, die ihr inneren Frieden bereiten soll, so wie mir das Hopf. Es war also alles da, was für ein gutes Gespräch erforderlich ist.

Ja, und wie wir's uns gerade richtig gemütlich gemacht hatten, und die Marie sagte, ja, also sie wolle gerne einmal mit mir über dieses und jenes, was ihr schon länger auf der Seele liege, sprechen, und ich gerade „Ohje!", dachte, da kündigte der Gottschalk, der wieder einmal gekleidet war, als hätte er im trunkenen Zustand eine Wette verloren, und den wir auf halbblau gedreht hatten, seinen ersten Kandidaten an. Und während die Marie anhub, auf leichte Kommunikationsdefizite in unserer Beziehung zu sprechen zu kommen, bekam ich gerade noch so am Rande mit, dass der erste Kandidat vom Gottschalk wettete, eine Anzahl von Weißbieren am Geschmack erkennen zu können. Und da bat ich die Marie, ihr Gespräch, das ich schon vom Ansatz her als sehr interessant, nützlich und durchaus beziehungsfördernd ansah, kurz zu unterbrechen, weil mich diese Wette schon aus kultureller Sicht interessierte.

Also schlürfte die Marie ihren Tee und knabberte an ihren Crackern, während ich das Scheitern des Kandidaten, das ich kommen sah, und zwar genüsslich, weil der Mann ein Hesse war, geradezu herbei sehnte, und zwar erfolgreich. Und während der Gottschalk einen prominenten Gast, es war ein Filmschauspieler aus den USA, der kein Wort Deutsch sprach und es sehr eilig hatte, weil er in wenigen Minuten seine Maschine nach Irgendwoanders hin kriegen musste, zu dessen neuen Film befragte, erklärte ich der Marie, warum der hessische Gimpel von vornherein keine Chance gehabt hatte, diese Wette zu gewinnen. Weil nämlich in einem Rachen, der von Kindheit an mit Handkäs und Musik, Äbbelwein und andren ernährungstechnischen Ungeheuerlichkeiten vergewaltigt wird, keine einzige Geschmacksknospe auch nur annähernd imstande sei, die Feinheiten in den Geschmacksunterschieden bayrischer Weißbiere - und anderen Weißbieren müsste es von Brüssel aus verboten sein, sich „Weißbier" zu nennen - zu erkennen und auf Brauort und Namen des Getränks zu schließen. Was die Marie sehr wohl einsah und - weil meine Erklärung so schlüssig war - kommentarlos zur Kenntnis nahm.

Ja, und dann wollte die Marie auf die ihrer Ansicht nach vorhandenen Kommunikationsdefizite in unsrer Ehe zurückkommen, als der Gottschalk den ersten Musikgast ankündigte, und das war der Clapton, und ich sagte der Marie, sie möge bitte einmal drei bis vier Minute still sein, bis der Auftritt des Hochgeschätzten vorüber sei. Die Marie seufzte, nahm es aber hin.

Und kaum hatte der Gottschalk den Clapton verabschiedet, sagte die Marie „Also" - und weiter kam sie nicht, denn es klingelte das Telefon. Es war mein Freund, der Berti, und er sagte, wir müssten reden, und ich sagte ja, Berti, sicher, und fragte ihn, während ich mit dem mobilen Telefon in mein Arbeitszimmer ging, um die Marie nicht beim Fernsehen zu stören, was es denn so Dringendes gäbe. Und es sagte der Berti, ja, und er säße da alleine beim Fröschl, von dessen Telefonapparat er mich auch anrief, und es wäre schon recht einsam für ihn da im Wirtshaus, weil alle anderen Spezerln daheim wären bei ihren Familien, und es sei nur der Fröschl selbst da, und der mache nebenbei die Buchführung und die Steuererklärung, und er, der Berti, säße da vorm Bier, was er ja ganz gerne täte, aber eben nicht so ganz alleine, und er möchte aber auch nicht gerne nach Hause gehen, denn da sei es auch sehr still und es sei nur die Sibylle da, was seine Katze war, die er sehr liebte, die ihm aber, wie er sich und mir an jenem Abend eingestand, zwar eine recht gute Ansprechpartnerin aber eben doch eine sehr schweigsame Ratgeberin wäre, wenn es um seine, also des Bertis, Einsamkeit ginge, und ob ich nicht kommen könne, weil es ginge ihm nicht besonders gut, und dann weinte er sogar ein bisschen, der Berti.

Und ich dachte, aha, der Hubert Mooshammer, dieser arme Kerl - da plagt ihn wieder der Weltschmerz, und da ist Gefahr in Verzug. Und geradezu selbstlos sagte ich, Berti - auf jeden Fall, und verzage nicht!, sagte ich, und dass es sich aber so verhalte, dass ich gerade ein sehr ernstes Gespräch mit der Marie hätte, oder, genauer gesagt, sie mit mir, und dass ich das nur ungern unterbrechen würde, das Gespräch, weil die Marie mir das verübeln könnte, und er solle sich noch etwas gedulden, dann wäre ich bei ihm, und wir würden dann über alles reden.

Ich bin dann wieder zurück ins Wohnzimmer und hab schon überlegt, wie ich es der Marie erkläre, dass ich heut Abend, obwohl es ein Samstagabend war, an dem ich traditionell daheim blieb, noch auf eine Stunde oder zwei zum Fröschl müsste, weil dort der Berti, der mein bester guter Freund war, so lange er lebte, säße und niemanden und nichts auf der Welt hätte, außer seinen Depressionen, und ich sah es schon kommen, dass die Marie darauf nicht sehr erfreut reagieren würde, weil sie den Berti, der früher ein gern gesehener Gast in unserem Heim gewesen war, schon seit langer Zeit nicht mehr leiden konnte, und das mit einem strikten Hausverbot dokumentiert hatte, woran sich der Berti auch immer gehalten hat, wenn die Marie zuhause war, jedenfalls.

Ja, und wie ich im Wohnzimmer ankam, unterhielt sich der Gottschalk gerade mit einem dem Hungertod nahen Fotomodell, und die Marie lag lang ausgestreckt auf dem Sofa und war eingeschlafen.
Ich hab ihr dann einen Zettel geschrieben, auf dem ich ihr mitteilte, dass es meinem Freund nicht gut ginge und er dringend mit mir sprechen wolle, und dass ich bald wieder daheim sei.
Es wurde dann allerdings doch recht spät. Und am nächsten Tag hat die Marie dann nicht mit mir gesprochen.

Wie ich einmal ein neues Handy gekauft habe

Ja, das war, wie ich einmal beruflich in München zum Tun hatte und auf dem Weg zur U-Bahn nahe dem Marienplatz am T-Punkt von der Telekom vorbei kam. Und es verhielt sich so, dass ich ein sehr schönes Handy der ersten Generation besaß. Sie wissen schon - diese recht kompakten Teile, die nur unwesentlich kleiner sind als herkömmliche Telefonapparate und mit einer Antenne zum Herausziehen, was aber unglaublich viel her macht, vor allem in der Öffentlichkeit.

Allerdings hatten meine Kinder, der Ludwig und das Liesl, mich seit einiger Zeit wegen dieses Gerätes gehänselt und unter anderem gemutmaßt, dass meine häufigen Bandscheibenbeschwerden daher rührten, dass ich immer dieses mobile Monstrum mit mir herumschleppte. Und die Marie, was meine Gattin ist, unterstützte die missratenen Kinder auch noch, indem sie sagte, wenn ich die Antenne aus dem Apparat herauszöge, sähe ich fast so cool aus wie der David Caruso vom CSI Miami. Und dazu haben sie alle drei gelacht, die Saubande, die verreckte.

Obwohl mich das Geläster meiner Familie nicht weiter berührte, durchfuhr mich, als ich an jenem Tag zum T-Punkt kam, doch der Wunsch, mit der Zeit zu gehen und also mir ein zeitgemäß kleines Handy zuzulegen. So betrat ich den Laden, in dem nicht viel los war, eigentlich gar nichts, und wurde sofort und sehr freundlich von einem jungen Mann begrüßt, der sich mir als „der Ingo" vorstellte.

Ja, und dann fragte mich der Ingo, der leider ein sehr schwer verständliches Hochdeutsch sprach, das er sich während seiner Zeit im Niedersächsischen angeeignet hatte, bevor ihn unlängst die Liebe nach München verschlagen hatte, wie er mir auf meine Frage mitteilte, was er für mich tun könne - ob ich eine superschnelle DSL-Connection, eine All-Inclusive-Flatrate oder einen verbesserten Handyvertrag bräuchte. Und ich sagte, nein, das sei es alles nicht, und dann holte ich mein altes Handy hervor.

Nachdem sich der Ingo von dem Schock und dem anschließenden befreienden Lachanfall erholt hatte, sagte er, na, da wäre es aber allerhöchste Zeit, dass ich zu ihm gekommen sei. Und der Telekomverkäufer griff in eine Schublade und holte ein winziges Gerät hervor, das er vor mir auf die Verkaufstheke legte und sagte, ja, das sei es, das neueste und beste Handy vom Nokia, und es verfüge über ein UKW-Stereo-Radio und einen leistungsfähigen Musicplayer mit speziellen Musiktasten, einer 8-Megapixel-Kamera mit integriertem Blitzlicht, 8-fachem Digitalzoom und spezieller Kamera-Taste, biete Videoaufzeichnung und -wiedergabe in hoher Qualität, hätte UMTS-Verbindungen für schnellen Internetzugriff und schnelle Downloads, eine 4 Gigabyte große Speicherkarte und Verbindungen über Bluetooth sowie Navigationssoftware und einen Mini-USB-Anschluss.

Ja, und dann machte ich einen alten Witz und fragte den Verkäufer, ob man damit auch telefonieren könnte, und er machte einen neuen Witz und sagte, Moment, da müsse er einmal kurz in der Bedienungsanleitung nachschlagen, und das tat er und sagte dann, ja, telefonieren ginge auch.
Und so erstand ich ein neues Handy zum - wie der Ingo, der mir richtig sympathisch geworden war, obwohl er aus der Gegend von Hannover stammte - erklärte, unschlagbar günstigen Preis von 499 Euro mit einem Zweijahresvertrag und einer Handyflatrate, der mich monatlich nur schlappe 59 Euro, so der Ingo, kosten würde, der Vertrag.

Sie - daheim haben die gestaunt, wie ich mein neues Nokia präsentierte! Geradezu neidisch waren die Marie und die Kinder! Na, und dann schaltete ich das Gerät ein und wartete auf eine Netzverbindung, die nicht kam. Ich ging vor die Haustür und hatte keine Verbindung zum D1, ich ging in den Garten, vergeblich, ich klingelte beim Nachbarn, dem Max, und fragte, ob ich einmal mit meinem neuen Handy durch sein Haus gehen dürfte, was ihn nicht sehr wunderte, weil er mich schon länger kennt, und er es mir daher gewährte. Auch dort keine Verbindung. Aber an der Bushaltestelle von der 73, etwa 200 Meter von zuhause entfernt, da hatte ich dann eine Mordsconnection ins Handynetz.

Und am nächsten Tag bin ich dann nach der Arbeit wieder zum T-Punkt nach München gefahren, wo mich ein anderer junger Mann begrüßte, der sächsisch sprach und auf meine Frage, wo denn der Ingo stecken würde, antwortete, er sei der Ingo, und ich sagte, nein, mich hätte ein blonder Niedersachse bedient, und der sächsische Ingo sagte, ja, das sei sein Kollege, der hätte heute frei und hieße zufällig auch Ingo. Und ich erzählte dem sächsischen Ingo von meinem neuen Handy und dass es daheim keinen Empfang gäbe, und der fragte mich, wo ich denn wohne, und ich sagte: In Paslam, und dann sagte er: Oha!, und dass sein niedersächsischer Kollege wohl vergessen hätte, danach zu fragen, sonst, wenn der gewusst hätte, dass ich aus Paslam komme, hätte er mir gleich ein zusätzliches Empfangsfeature zum neuen Handy verkauft, das weltweit einen Bombenempfang garantiere und einmalig nur 199 Euro kosten würde. Und ich bezahlte dem Sachsen die 199 Euro, der schraubte mein neues Handy auf, pappte eine winzige Platine hinein, schloss es wieder und sagte, so, jetzt hätte ich überall auf der Welt einen Empfang, auch in Timbuktu und sogar in Paslam, worüber er noch lachte, der Unsympath, der sächsische.

Daheim angekommen hatte ich dann tatsächlich einen 5-Sterne-Empfang. Allerdings meldete das Handy, der Akku sei leer, was kein Problem war, denn zum umfangreichen, im Kaufpreis enthaltenen Zusatzmaterial gehörte auch ein Ladegerät. Also schloss ich mein neues Nokia an das Ladegerät und lud den Akku eine Nacht lang. Und am nächsten Morgen meldete das Handy immer noch, der Akku sei leer.

Am Nachmittag empfing mich ein dunkelhäutiger Telekom-Angestellter namens Ingo. Ich gestehe, dass mich in dem Moment ein ganz leiser Verdacht umwehte, man wolle einen Schabernack mit mir treiben, was ich aber für mich behielt. Ich beherrschte mich also und erzählte dem schwarzen Ingo von der Akkuproblematik. Der hörte sich das still an, nahm mir das Handy ab, öffnete es wortlos, nahm den Akku heraus, klemmte ihn wieder hinein und gab mir das Handy zurück. Das Nokia meldete einen vollen Akku.

Zuhause war es dann soweit. Um nun endlich mein neues Handy auszuprobieren, beschloss ich, meinen Nachbarn, den Max, anzurufen und ihn zu fragen, wie es ihm gehe. Die Marie meinte noch, ich könne ihn doch auch persönlich fragen, worauf ich gar nicht weiter einging, weil es einmal mehr Beleg war für das weibliche Unverständnis der modernen Kommunikation. Ich tatzelte also dem Max seine Telefonnummer in meine Handytastatur hinein, und dann fiel die Tastatur aus meinem Handy heraus und ließ sich nicht wieder darin befestigen.

Am nächsten Tag hatte ich frei und fand mich um die Mittagszeit im Münchner T-Punkt ein. Diesmal empfing mich kein niedersächsischer, kein sächsischer noch ein afrikanischer Ingo im leeren Laden, sondern ein Herr im besten Alter und Anzug. Er sei der Filialleiter, erklärte er mir und zeigte sich verwundert, als ich darum bat, einen der drei Ingos zu sprechen. Es arbeite kein Ingo in seinem Geschäft, sagte der Filialleiter und bestätigte somit meinen Verdacht vom Vortag, und seine drei jungen Mitarbeiter, der Nils, der Maik und der Abdul seien gerade auf Mittagspause.

Jedenfalls beharrte ich darauf, dass mir einer seiner Angestellten oder auch alle drei ein hundsmiserabliges Handy verkauft hätten, das bisher noch keine fünf Minuten funktioniert habe, weil andauernd irgendwas nicht funktionieren würde, das dann für teures Geld zu reparieren sei. Und dann zeigte ich dem Filialleiter mein tastenfeldfreies Handy vom Nokia und dazu das separate Tastenfeld, und der Bazi, der mistige, sagte, ja, so etwas könne bei unsachgemäßer Handhabung schon einmal geschehen, und gerade wollte ich mich aufregen, da sagte er, er hätte noch eine passende Tastatur da, die könne er einbauen, und das würde er diesmal sogar noch auf Kulanz nehmen, aber beim nächsten Mal müsse ich zahlen, solle also mein Handy pfleglicher behandeln, denn es sei das neue Nokia ein wahres Schmuckstück unter den Handys.

Ja, und dann stand ich draußen vorm Laden und hatte einen Netzempfang und einen vollen Akku und ein intaktes Tastenfeld und überhaupt ein Prachtstück von einem Handy, und dann rief ich zuhause an und wollte der Marie sagen, wie großartig alles gelaufen sei. Und gerade als die Marie sich meldete, kam eine Kompanie von Schwarzgelbgekleideten um die Ecke gelaufen und rief sich und wohl auch andere im Laufschritt und im Chor dazu auf, den Bayern die Lederhosen auszuziehen. Und einer der Frontmänner der Schwarzgelben rempelte mich an und das neue Nokia entglitt meiner Hand, fiel aufs Trottoir, und die gesamte Kompanie trampelte darüber hinweg.

Und dann stand ich über den Trümmern meines neuen Handys und wollte gerade anfangen zu weinen, als mir einfiel, dass ich ja immer noch mein gutes altes Handy hätte, und ich kramte es aus meiner Jackentasche hervor, schaltete es an und zog die Antenne heraus. Und während ich dem gleichmäßigen Tuten lauschte und wartete, dass die Marie sich meldet und ich ihr sagen könnte, was passiert sei, und dass ich jetzt sofort und unbedingt die eine oder andere Weiße benötigen würde bevor ich nach Hause käme, sah ich mich im Schaufenster des T-Punktes gespiegelt und fand, dass die Marie so Unrecht nicht hatte, als sie sagte, mit meinem Antennenhandy in der Hand sähe ich fast so cool aus wie der David Caruso vom CSI Miami.

Wuchtl

Der Wuchtl vom Tumm war ein Dobradchow. Sein Vater war Kind einer Doberfrau und eines Labradors, Wuchtls Mutter war eine Chow-Chow. Vom Großvater väterlicherseits hatte Wuchtl die treu blickenden Augen geerbt, von seiner Oma die athletische Figur und von der alten Chow-Chow-Familie die blaue Zunge, die sich grün färbte, wenn wir den Wuchtl mit Eierlikör tränkten.

Der Sebastian Tumm, der bei uns in Paslam den Edeka-Markt betreibt, hatte sich seinerzeit den noch ganz kleinen Wuchtl aus dem Tierheim in Schliersee geholt, damit der Hund nächtens das Geschäft bewacht. Und der Wuchtl entwickelte sich rasch zu einem Wachhund, wie ihn jeder Einbrecher erträumt! Während Wuchtls beinahe 17 Jahre andauernder Regentschaft als Chef und einziger Angestellter des Sicherheitsdienstes vom Edeka-Tumm wurde 19mal in den Kaufmannsladen eingebrochen - und nicht ein einziges Mal hat der Wuchtl durch übereifriges Anschlagen die Nachtruhe der Paslamer Bürger gestört! Er war ein intelligenter Hund, der intuitiv sehr wohl abwägen konnte zwischen dem vergleichsweise geringen und nur materiellen Wert einiger Stangen Marlboro und einzelner Flaschen Enzian - viel mehr wurde dem Tumm nie entwendet - und dem heiligen Schlaf seiner zweibeinigen Dorfmitbewohner.

Überhaupt hat man den Wuchtl so gut wie niemals bellen gehört. Nicht einmal ein Jaulen, Knurren oder auch nur ein Winseln hat man jemals von ihm vernommen. So ruhig war er, der Wuchtl, den jeder Mensch in Paslam gern hatte, dass man ihn sogar sonntags bei der Frühmesse in St. Elke duldete. Selbst die gelegentlich schrillen Dissonanzen unserer renovierungsbedürftigen Orgel und der nicht immer tonsichere Gesang des Prälaten Wimmerl konnten den Wuchtl aus der Ruhe bringen oder gar zum Bellen oder hundetypischen Jaulen verleiten. Er verschlief den Gottesdienst auf dem Boden neben der Bank, in der sein Herrchen saß, sang und betete. Nach der Messe fanden sich dann Herr und Hund zum gemeinsamen Frühschoppen beim Ochsen ein, wo der Basti eine oder zwei Weiße trank und der Wuchtl vom Ochsen-Toni mit einem Schälchen vom Gelben bewirtet wurde.

Er war also ein sehr braver und stiller Hund, der an kalten Tagen in seiner Hütte neben dem Kaufmannsladen, an heißen Tagen unter der alten Linde gegenüber vom Tumm und an angenehm warmen Tagen - die ihm die liebsten waren - mitten auf der Straße vor seines Herrchens Geschäft ruhte. Lag der Wuchtl, der ausgestreckt fast so lang war wie der Peter Maffay es ist, auf der Straße, hätte kein Autofahrer aus Paslam und Umgebung es gewagt, ihn durch Hupen zum Verlassen der Straße zu bewegen. Man wartete halt ein wenig, bis er sich auf die andere Körperseite rollte und so möglicherweise eine Fahrbahn freigab, oder man wich - wenn es pressierte - mit dem Auto über den Bürgersteig aus und umfuhr den braven Hund großräumig.

Einmal hat ein paslam- und wuchtlunkundiger Durchreisender - ein Handelsvertreter aus Walldorf, der in Software reiste, wie wir bald darauf bei der Gerichtsverhandlung erfuhren, und der sehr flott in einem schönen und fast neuen SLK 350 vom Daimler daher kam - tatsächlich direkt auf den Wuchtl zugehalten, als der - es war ein milder Spätsommernachmittag - auf der Straße eine kleine Siesta hielt. In letzter Sekunde bremste der Handelsmann scharf und stimmte ein Hupkonzert an, das selbst Ignaz Bechtlgruber, unser Dorfältester, der grad dabei war, an seinem alten Lanz die Drehzahl zu regulieren, noch hörte. Der Wuchtl hat vor Schreck einen Schluckauf und auf der Stelle den Dünnschiss gekriegt. Sebastian Tumm - ein alter Heißsporn, der in jungen

Jahren im Fränkischen in der 2. Bundesliga gerungen hat - angelockt durch das Gehupe, hat sich sofort aus seiner kleinen Heimwerkerabteilung einen 2kg-Fäustel geholt, den SLK binnen Minuten zu Klump gehauen und anschließend dem Handelsvertreter mit einem Doppelnelson sämtliche Halswirbel ausgerenkt.

Der arme Wuchtl kam erst zur Ruhe, nachdem ihm der Tumm einige Verpoorten und ein halbes Dutzend Würsterl aus seiner Fleischabteilung spendiert hatte.

Ach - wie oft haben der Berti, was mein bester guter Freund war solange er lebte, und ich, wenn wir uns früh am Morgen auf den Heimweg machten, vom Ochsen oder Fröschl, je nachdem, wo wir den größten Teil der Nacht verbracht hatten, uns vom Wirt noch eine Taschenflasche vom Advokaat mitgeben lassen - nicht für uns! Nein! Für den guten Wuchtl! Sie hätten die Augen des Hundes sehen sollen, wenn er den Berti und mich im Morgengrauen auf seine Hütte zukommen sah, die kleine Flasche mit gelben Inhalt schwenkend! Es setzte dann sofort ein enormer Speichelfluss ein, und kurz darauf konnten der Berti und ich das Wunder der Zungenverfärbung erleben.

Es waren wohl die vielen Eierliköre und das für Hunde ungesunde Essen, das der gutmeinende Tumm, der seinem treuen Wuchtl nicht einen einzigen Einbruch verübelt hat, ihm zukommen ließ: Mariniertes, Geselchtes und Gewürztes, die dem langen Leben des Hundes ein jähes Ende setzten. Eines Tages verweigerte der Wuchtl den Eierlikör, schnupperte auch nur noch uninteressiert an der Weißwurst und erbrach ein wenig Schleim. Der Tumm hat seinen Freund dann sofort zur Tierärztin gebracht, und die fand eine inoperabel geschädigte Leber vor. Vier Wochen später haben wir den Wuchtl unter großer Anteilnahme der Paslamer Bevölkerung bei der Linde beerdigt. Der Prälat hat ein paar schöne Worte gesprochen, und gelegentlich, an milden Abenden, setzten sich hernach der Basti, der Berti und ich auf die Bank nahe der Linde, tranken ein Gläschen Eierlikör auf des Wuchtls Seelenfrieden, leckten - so, wie er es auch getan hätte - die Gläser blank und streckten uns die gelben Zungen heraus.

Wie der Tourismus in Paslam Einzug gehalten hat

Ja, und dann hab ich zum Toni gesagt, dass Paslam jetzt einen gewissen Bekanntheitsgrad hätte, und dass es nun auch touristisch bergauf gehen täte, und wenn er, der Toni, sich eine Scheibe von den zu erwartenden Einnahmen aus der Touristik sichern wolle, solle er doch, und zwar möglichst bald, ein Gästezimmer für Sommer- und Winterfrischler anbieten.

Aber vielleicht sollte ich Ihnen zunächst ein bisserl was über den Toni erzählen, falls Sie Ihn noch nicht kennen sollten, obwohl ich gewiss schon des Öfteren von ihm berichtet habe.
Der Toni und ich, wir kennen uns schon ewig und sind zusammen zur Schule gegangen - zur Grundschule in Paslam. Und der Toni ist dann nach Miesbach aufs Gymnasium, der Streber, und ich zur Realschule nach Schliersee. Der Toni hat dann später Abitur gemacht, Wirtschaftswissenschaften studiert und betreibt heute demzufolge das Wirtshaus „Zum Ochsen" bei uns in Paslam, weswegen man ihn auch den „Ochsen-Toni" nennt.
Und es verhält sich nämlich so, dass wir in Paslam keinen Tourismus, keinen Fremdenverkehr kannten. Wir haben in Paslam die weltweit boomende Urlaubshysterie jahrzehntelang skeptisch und abwartend beobachtet, weil Fremdenverkehr geht ja meistens mit Fremden einher, und Touristen kommen immer meistens aus dem Ausland oder gar aus Hannover und selten aus Tölz, Rosenheim oder Miesbach, und darum wollten wir keine Touristen nicht in Paslam haben. Nicht, dass wir in Paslam fremdenfeindlich wären - wir haben nix gegen Fremde, solange sie nicht nach Paslam kommen.
Und dann, als ich vom Tourismus in Paslam sprach, fiel es dem Toni ein, dass es seit langem ein leer stehendes Zimmer über der Gaststube gibt, in dem er früher immer geschlafen hat, wenn ihn

die Uschi, was seine Frau war bis zur Scheidung vor einigen Jahren, wenn also die Uschi den Toni des gemeinsamen Schlafzimmers verwiesen hatte, dann schlief der Toni in jenem Zimmer.

Und es meinte dann der Toni, dieses Zimmer könnte er wohl vermieten als Gästezimmer an Sommerfrischler, um so als Pionier dem Tourismus in Paslam den Steigbügel zu halten, gewissermaßen.

Und er wollte auch gleich eine Anzeige im Paslamer Boten aufgeben, die anzeigt, dass er ein Gästezimmer zu vermieten hätte, aber ich sagte ihm, das wäre ja ein ziemlicher Schmarrn, weil der Paslamer Bote nur in Paslam und vielleicht noch in Schliersee und bestenfalls in Agatharied gelesen werden würde, aber nicht dort, wo die potentiellen Paslamtouristen wohnten, und er müsse eine Anzeige in überregionalen Zeitungen aufgeben, oder noch besser - auf einer Tourismusseite im Internet.

Das hat er dann auch eingesehen, der Toni. Aber weil er darin nicht so versiert ist, bat er mich, eine Anzeige im Internet zu schalten, weil er ja keinen Computer nicht hatte und auch nie einen haben will. Ja, und dann haben wir uns zusammengesetzt, der Toni und ich, und ich hab zunächst die Eckpunkte in Stichwörtern notiert, so wie sie mir der Toni vorgegeben hat. Und das gebe ich Ihnen jetzt einmal grob zusammengefasst wieder:

Das Zimmer ist ausreichend geräumig, so dass sich problemlos zwei Gäste darin aufhalten können, gleichzeitig. Jedenfalls, wenn sie normal gewichtig sind. Und das Zimmer liegt sehr schön und hat auch eine Aussicht. Und zwar auf die Andechser Straße, die ja Paslams Kudamm ist, gewissermaßen.

Allerdings hat das einzige Fenster des Zimmers einen Sprung in der Scheibe und klemmt auch arg, so dass es überhaupt nicht geöffnet werden darf. Ausreichend frische Luft strömt aber ständig durch den klaffenden Riss herein.

Das Zimmer ist auch sehr gemütlich, mit einem Sofa darinnen, auf dem zwei Personen sitzen können, und, zum Beispiel, der Peter Maffay oder der Florian Hambüchen problemlos darauf schlafen könnten.

Als zweite Schlafgelegenheit hat es dann eine, mit ansprechendem Dekor - so rote Blumen auf einem vormals weißen Untergrund - verzierte, sehr gemütliche Campingklappliege.

Der Toni legt übrigens Wert darauf, dass nur alleinstehende Alleinstehende oder kinderlose Ehepaare bei ihm logieren. Und zwar keine gleichgeschlechtlichen Ehepaare. Denn auch seine Toleranz, so der Toni, habe Grenzen.

Und das Zimmer soll 20€ pro Tag und Person kosten und ist ein echtes Alles-Inklusive Zimmer, Frühstück mit Kaffee und Semmeln und Wurst und Käse und Marmelade - alles Inklusive!

Allerdings gibt es Frühstück, weil der Toni ja meistens bis 2 oder 3 Uhr in der Nacht, oft auch bis um 4 oder 5 Uhr arbeiten muss - wir halten manchmal sehr lange aus, wenn's recht gemütlich zugeht! - gibt's Frühstück erst gegen 12 Uhr. Und montags hätte der Ochse sowieso Ruhetag, da müssten die Gäste dann woanders frühstücken, zum Beispiel gegenüber beim Fröschl, oder im Aral-Shop am Ortsausgang.

Einen Fernseher hat das Zimmer natürlich auch, und zwar in Farbe, sowieso. Aber der ist defekt, der Fernseher. Jedoch das ebenfalls zur Ausstattung gehörende Transistorradio - das funktioniert! Nur Batterien müssten dafür mitgebracht werden, weil der Sigbert das Netzkabel vom Transistor zerkaut hat. Woran er dann auch glatt krepiert ist, der Sigbert.

Es war nämlich der Sigbert der Drahthaarterrier vom Toni und wurde elektrifiziert, geradezu gegrillt und geröstet und schließlich gar flambiert, nachdem er ins Kabel gebissen hatte. Mei, hat das gestunken! Da ist heute immer noch so ein unförmiger schwarzer

Fleck, da hat sich quasi das Bild eines auf der Seite liegenden Hundes förmlich in den Teppichboden des Zimmers eingebrannt. Aber stinken tut's fei nimmer, wegen dem Riss in der Scheibe.

Zur weiteren Unterhaltung gibt es aber auf dem Zimmer ein Skatblatt, in dem allerdings der Kreuz-Bube fehlt. Des Weiteren hat es eine kleine Bibliothek, bestehend aus zwei oder drei Monatsbücherln vom Readers Digest und einem Stoß Hefterl der Apotheken-Rundschau. Dann hat's eine Bibel und das Telefonbuch vom Landkreis Miesbach.
Außerdem gibt es ein paar Exemplare vom „Wachturm". Die sind einmal liegen geblieben, wie der Toni zwei Zeugen Jehovas aus seinem Haus hinaus geprügelt hat.
Das sollte ich vielleicht erwähnen - er ist manchmal ein rechter Heißsporn, der Toni! Ein wenig vorsichtig sollte man mit ihm sein, das rate ich schon! Er diskutiert nicht gerne und nie lange, hat aber einen kräftigen Aufwärtshaken, und seine Ringergriffe sind auch nicht ohne. Also, wenn einmal nicht alles so ist, wie es sein soll - die Eier zu hart oder zu weich, der Kaffee zu dünn oder zu stark, die Wurst schon ein wenig wellig am Rand - nicht gleich kritisieren und reklamieren! Besser ist's, man schläft erst ein paar Nächte darüber. Bis zur Abreise.

Die Toilette und eine Waschgelegenheit, also ein Waschbecken mit Warm- und Kaltwasser, befinden sich in einem separaten Feuchtraum auf dem Flur und dürfen aber zwischen 1 Uhr in der Nacht und 11 Uhr in der Früh nicht benutzt werden, weil das die Zeit ist, in welcher der Toni so ungefähr seine Nachtruhe abhält, und sein Schlafzimmer ist direkt auf der anderen Seite vom Gästebad befindlich, und er möchte nicht von der Klospülung oder weil jemand meint, die Haare um 8 in der Frühe waschen zu müssen, geweckt werden, der Toni.

Ja, und aus diesen Vorgaben des Vermieters entwarf ich daraufhin dann folgende Internet-Anzeige:

Paslam, beste Lage, gemütl.Fremd.Zim. für 1-2 Pers., reichh. Frühst.(außer Mo) mit alles Inkl., Farb-TV(def.), TransRad(funkt.), kl.Biblioth., Spiele. Nur an ruhige Singles od. heterosex. Ehep. Preis 20€ p.T./Pers, 50€ Endr. u. Energie. Tel: 08068 1220.

Ja, und was soll ich Ihnen sagen? Kurz darauf meldete sich dann ein Ehepaar, das dann auch bald das Zimmer bezog und das ich recht nett fand, das Paar, obwohl die beiden aus Leipzig kamen. Allerdings hat der Toni sie aus Gründen, über die noch zu berichten sein wird, drei Tage später wieder rausgeworfen und das Zimmer dann nicht mehr wieder vermietet. Aber der Anfang war gemacht, mit dem Tourismus in Paslam.

Und jetzt könnt es ja sein, dass Sie sagen: Ja, mei, Paslam, das klingt gut - und: Warum nicht!? Jedes Jahr Karibik, Malediven oder Dubai ist auch fad, fahr'n wir halt einmal nach Paslam zur Sommerfrische! Und dann sage ich: Jawohl - recht so! Denn es blüht nun auch in Paslam - noch sehr zart zwar, aber es blüht - das Blümlein des Tourismusses, jenes Blümchen, das sich mancherorts auf der Welt schon zu einem lästigen Unkraut entwickelt hat!
Und wenn Sie ein Interesse haben am Gästezimmer vom Toni - rufen Sie ihn halt einfach an!

Wie die ersten Touristen wegen des Rauchverbots aus Paslam vertrieben wurden

Ja, das war, als überall im Lande, quasi gewissermaßen in ganz Deutschland, das Rauchverbot für die Gastronomie vom Bundestag eingeführt wurde.

In Paslams Gastronomie, also im Ochsen und beim Fröschl, wurde ja schon immer so gut wie fast nie geraucht. Also, wir Stammgäste haben nicht geraucht, weil wir allesamt Nichtraucher sind. Die Wirte haben schon geraucht, und zwar wie die berühmten Schlote. Aber es war so, dass der Toni vom Ochsen und auch der Fröschl, wenn man sich bei denen über ihr Gequalme beschwert hat, sagten, ja, und wenn es uns nicht passe, könnten wir ja nach drüben gehen, also auf die andere Straßenseite, zum jeweiligen Konkurrenten, was ja aber auch nichts genützt hätte, weil da der Wirt ja auch rauchte. Oder geschlossen hatte.

Ja, und einmal waren, ich hab's Ihnen erzählt, Touristen da, in Paslam, als der Toni sein vakantes Zimmer über der Gaststube auf mein Anraten hin als Gästezimmer vermietet hatte. Da kamen also die Borboro und der Gindo aus der Nähe von Leipzig, was im Osten liegt. Die waren in einer Internet-Urlaubsseite auf die vom mir und dem Toni verfasste Anzeige gestoßen und witterten einen günstigen Urlaub in schöner, touristisch noch unerschlossener Gegend. Und die beiden wollten, als sie abends in der Gaststube ihr im Zimmerpreis enthaltenes Abendmahl zu sich nahmen, rauchen, und hatten schon die Zigaretten angezündet, als der Toni wie angeschossen hinter der Zapfanlage hervorschoss und die beiden, also den Gindo und die Borboro, zusammengeschissen hat, dass es nur so rauchte, bildlich gesprochen. Ja, und dann hat die Borboro gemeint, und der Gindo auch, dass er, der Wirt, doch auch rauchte, und da war es dann ganz aus. Da ist der Toni rauf ins Gästezimmer und hat das Fenster aufgerissen, obwohl das schwer klemmte und auch einen Riss hatte, und hat Koffer und Kleidung vom Gindo und der Borboro auf die Straße runtergeworfen.

Ja, und als dann unser Ortspolizist, der Bruno Willert, kam und die Personalien der beiden Ex-Gäste vom Toni wegen des von ihnen begangenen Landfriedensbruches aufnahm, wurden wir es gewahr, dass sie gar nicht Gindo und Borboro hießen. Sondern Barbara und Günter, was dann aber schon egal war, weil sie Paslam am selben Abend verließen.

Es traf also in Paslam das Rauchverbot niemanden. Der Toni und der Fröschl halten sich natürlich nicht daran, weil sie sagen, wir könnten es ja melden und dann, wenn die Gaststätten geschlossen sind, zusehen, wo wir unser Bier und unseren Leberkäs bekommen.

Allerdings stimmt es nicht, dass der Wimmerl über eine Raucherecke in St. Elke, und zwar direkt unter der Orgelempore, nachgedacht hatte, um den Besucherschwund aufzuhalten. Da sei Gott vor!

Wie ich einmal eine Heike gebaut habe

Ja, und dann hat die Marie, was meine Frau ist, gesagt, in der Rumpelkammer sähe es fürchterlich aus. Es sähe dort grad wie in einer Rumpelkammer aus, meinte die Marie.

Jetzt muss ich, weil Sie die Gegebenheiten unsres Hauses nicht kennen, kurz in meiner Erzählung innehalten.

Das wichtigste Zimmer in einem Haus ist jenes, in dem man alle Sachen lagert, die man nicht mehr braucht, aber noch nicht wegwerfen oder beim ebay verkaufen möchte - die Rumpelkammer, eben. Und weil es in unserer Rumpelkammer schauderhaft unordentlich war, hatte die Marie beschlossen, alles Gelump, das dort in Regalen und am Boden herumlag, in einem noch zu kaufenden Schrank zu verstauen. Dann wäre der ganze Unrat zwar immer noch da, aber man würde ihn nicht mehr sehen. Und es sei, sagte die Marie, gerade ein Angebotsprospekt gekommen, in welchem ein Schrank namens „Heike" zum Abholen und Zusammenbauen angeboten sei, in genau den Maßen, die fürs Rumpelkammerzimmer passen täten, und das zu einem unschlagbar günstigen Preis, so die Marie - weil es ein Sonderpreis sei. Also machte ich mich am darauffolgenden Samstag auf nach Miesbach, ins Belgische Deckenlager, eine Heike zu erstehen.

Sie - das Belgische Deckenlager ist eine großartige Kaufhauskette! Die haben alles, was man nicht brauchen würde, wenn einem nicht jede Woche ein Prospekt von denen im Briefkasten läge, der dem mündigen Hausbesitzer aufzeigt, wie ärmlich und erbärmlich sein bürgerliches Heim eingerichtet ist, und wie er es mit einfachen Mitteln aufmöbeln kann, sein trauriges Heim.

Da gibt's jede Art von Decken: Wolldecken, Steppdecken, Bettdecken und Rheumadecken. Und Kerzen und Kerzenhalter und Kerzenhalterhalter und Windlichter und Sturmlichter gibt's. Es hat dort Hundekörbe und Katzenkörbe und Kanarienkäfige und Teddybären. Und Matratzen. Und Betten und Stühle und Tische und Schränke. Zum Selbstzusammenbauen, eben. Wie zum Beispiel die „Heike", aus echtem Echtholz - aus massiven Spanplatten mit echtem Kiefernfurnier!

Im Belgischen Deckenlager in Miesbach wurde ich sogleich sehr freundlich von einer jungen Dame, die am Revers ein Schild mit dem Aufdruck „Heike Kreitmayr" trug, in Empfang genommen und gefragt, was sie für mich tun könne. Und ich machte einen Scherz, weil, da war mir noch zum Scherzen zumute, und sagte, ja, das Fräulein Kreitmayr könne mir ihre Namensvetterin verkaufen, und da war die Verkäuferin ein wenig irritiert, weil es im Belgischen Deckenlager kein Möbel- oder sonstiges Stück namens „Kreitmayr" gab, aber diese Irritation löste ich sogleich auf, indem ich sagte, ja, ich möchte einen Schrank vom Typ „Heike" kaufen, und dann haben wir ziemlich gelacht, das Fräulein Kreitmayr und ich. Weil, da konnte ich noch lachen.

Ja, und dann zeigte mir die Kreitmayr die Heike, die es in drei verschiedenen Größen gab, und die als Muster dort zu besichtigen waren, und ich sagte, für mich käme nur die größte Heike in Frage, weil es eine Menge darin zu verstauen gäbe. Und es sagte das Fräulein Kreitmayr, da hätte ich ein Riesenglück, denn die Heike sei gerade im Angebot, weil sie aus dem Programm genommen werde und sei deshalb in der XXL-Ausführung zum unschlagbar günstigen Preis von 389€ statt 399€ zu haben. Und da schlug ich sogleich zu und machte den Kauf perfekt.

Die Kreitmayr sagte noch, der Heike läge eine Montageanleitung bei, die kinderleicht zu verstehen sei, und ich machte sogar noch einen Scherz und sagte, die sei hoffentlich sogar idiotensicher, weil ich den Schrank ja zusammenbauen müsste, und dann haben die Kreitmayr und ich noch eine letztes Mal gemeinsam gelacht.

Bevor ich Ihnen weiter erzähle, wie ich die Heike zusammen baute, sollte ich Sie vielleicht über meine handwerklichen Fähigkeiten informieren. Die sind nämlich dergestalt, dass ich auf dem Bau oder in der Inneneinrichtung wohl kaum über längere Zeit einen Arbeitsplatz ausfüllen könnte. So habe ich zum Beispiel vor Jahren, als er noch lebte, dem Berti, dessen handwerkliches Talent noch unter dem meinen lag, was schon eine Leistung an sich darstellt, auf seine Bitte hin einen neuen und stufenlos regelbaren Lichtschalter - einen sogenannten Dimmer - im Wohnzimmer, sowie einen neuen Perlator, also so eine Streudüse, am Wasserhahn im Badezimmer installiert.
Nicht, dass ich mich aufgedrängt hätte. Aber der Berti war, obwohl von Haus aus recht begütert, ein eher sparsamer Mensch, was die allgemeine Lebensführung betraf. Und als er mir erzählte, dass er einen neuen Perlator und einen neuen Lichtschalter brauchte, und ich sagte, dass es ja schad um das viele Geld für die Installation sei, weil die Handwerker doch allesamt Halsabschneider und Wucherer seien, hat mir der Berti uneingeschränkt beigepflichtet und mich gleich gefragt, ob ich, als Heimwerker, diese kleinen Arbeiten nicht für ihn verrichten wolle und könne. Ungeachtet des Bertis Angebot, mich dafür im Gegenzug zum Fröschl auf eine Haxe und einige Getränke einzuladen, habe ich natürlich zugesagt, weil der Berti mein bester guter Freund war.
Ja, und dann habe ich mich einige Tage später daran gemacht, zunächst den Dimmer zu installieren, was mich einen ganzen Samstagvormittag beschäftigte. Als ich dann endlich damit fertig war, hab ich den Perlator am Wasserhahn im Bad ausgewechselt. Und quasi als Zugabe hab ich dem Berti gesagt, ich würde auch

gleich die Dichtungen von der Mischbatterie überprüfen, was den Berti sehr gefreut hat. Die Dichtungen waren, soweit ich das beurteilen konnte, völlig in Ordnung, und so montierte ich alles wieder zusammen. Und danach sind wir zum Fröschl, mein Freund und ich, wo ich es mir auf des Bertis Einladung hin gut gehen ließ, und der Berti sich auch.

Ja, und als wir später am Abend, es kann auch früher am Morgen gewesen sein, zurück zu Bertis Haus kamen, wo wir noch einen Scheidebecher nehmen wollten, und der Berti die Haustür öffnete, schlug uns eine Welle Wasser sowie ein extrem brenzliger Geruch entgegen. Die noch in der Nacht erfolgten Untersuchungen der Freiwilligen Feuerwehr Paslam, bei der sowohl der Berti als auch ich passives Mitglied waren, ergaben, dass es zu einem Brand im Wohnzimmer gekommen war, der durch Funken ausgelöst wurde, und die kamen aus dem nicht ordnungsgemäß installierten Dimmer. Erschwerend kam hinzu, dass das völlig überalterte und überlastete Sicherungssystem beim Berti nicht funktioniert hatte.

Zum Glück hatte es allerdings etwa zeitgleich die Mischbatterie im Bad, welches über dem Wohnzimmer befindlich war, zerfetzt, weil, so sagte der Frettner Andi in seiner Tätigkeit als untersuchender Feuerwehrhauptmann, ziemlich stümperhaft daran herumgebastelt worden war. Ja, und das bald von der Wohnzimmerdecke heruntertropfende und an den Wohnzimmerwänden herunterlaufende Wasser hat den Schwelbrand dann gelöscht.

Unserer Freundschaft tat dieses kleine Malheur überhaupt keinen Abbruch, weil der Berti sagte, dass die deutsche Industrie heuer nur noch Schrott produzieren täte und es kein Wunder sei, wenn alles gleich kaputt ginge, nachdem es eingebaut sei.

Den Feuerwehreinsatz kriegte der Berti, als langjähriges Feuerwehrmitglied, zum Sonderfreundschaftspreis. Die fachmännischen Nacharbeiten an meinen Installationen sowie die Renovierung des Hauses kosteten den Berti allerdings ein kleines Vermögen, wodurch unsere Meinung, alle Handwerker seien Wucherer und Halsabschneider, noch eine Bestätigung erfuhr.

So, nun wieder zurück ins Deckenlager.
Ein Kollege von der Kreitmayr, der so aussah, als sei er in einem Fitnessstudio geboren und aufgewachsen, wuchtete mir dann zwei Kartons mit den Einzelteilen der Heike in den Kombi, der im Heck bedrohlich nachgab. Dann fuhr ich nach Hause. Dort angekommen öffnete ich die Heckklappe meines Caravans, griff mir die erste der zwei Kisten und hob sie an.
15 Minuten später lag ich auf dem Behandlungstisch vom Doktor Saibling, der an dem Samstag Notdienst hatte, und der mir einen astreinen Hexenschuss bescheinigte und mich für zwei Wochen krank schrieb, und mir für vier Wochen das Heben und Tragen von allem verbot, was schwerer als 500 Gramm sei.

Als die Vierwochenfrist herum und ich wieder einigermaßen gerade war, bat ich die Marie und auch das Liesl, was meine Tochter ist, und erst recht den Ludwig, was mein Sohn ist, mir beim Ausladen der Heike zu helfen, die immer noch im Kombi lag. Es ist der Ludwig schon ein recht kräftiger, und auch die Marie und die Liesl sind hart im Nehmen. Und so kriegten wir die Heike ins Rumpelkammerzimmer hinein, allesamt schweißgebadet, und ich machte mich ans Auspacken der Kartons.
Dabei fiel mir dann gleich auf, dass eine der Schranktüren einen sehr hässlichen Kratzer hatte, was mich schon ein wenig ärgerte, weil ich diesen vermaledeiten Schrank, der mich schon einige Zeit aufs Krankenlager gestreckt hatte, gerne und möglichst bald fertig gebaut haben wollte. Also nahm ich die Tür - Sonderangebot hin, Sonderangebot her! - und fuhr damit nach Miesbach ins Belgische Deckenlager.

Das Fräulein Kreitmayr konnte sich noch recht gut daran erinnern, dass ich vor langer Zeit eine Heike erstanden habe und war
verwundert, dass ich nach so langer Zeit einen Garantieanspruch
geltend machen täte, der eigentlich schon abgelaufen sei, beziehungsweise - da es sich um ein preisreduziertes Auslaufmodell
handelte, nie bestanden hat, und dass somit der Verdacht nahe
läge, ich selbst oder eines meiner Familienmitglieder hätte diesen
Kratzer in die Tür gemacht und ich wolle mich nun am Deckenlager schadlos halten.

Ich bin ja ein ruhiger Mensch, müssen Sie wissen. Ich bin der
ruhigste Mensch, den wo ich kenne - mit Ausnahme vom Berti
Mooshammer, der noch viel ruhiger war als wie ich, der aber, ich
habe es wohl schon gelegentlich erwähnt, tot ist, obwohl er mein
bester guter Freund war. Aber dort, im Belgischen Deckenlager
zu Miesbach, das ich fortan nur noch das „Deppenlager" nannte,
platzte mir der Kragen. Und ich sagte der Kreitmayr, wenn sie
glaube, einen Betrüger vor sich zu haben, dann läge sie falsch -
viel mehr hätte sie ein heikegeschädigtes Bandscheibenopfer vor
sich, und es sei eine Unverschämtheit, dass das Deppenlager - so
nannte ich es tatsächlich in der Aufwallung meiner Gefühle -
einen Schrank in zwei Kartons verkaufen würde, der eigentlich
auf zwanzig Kartons verteilt sein müsse, damit ihn ein Normal-
bürger transportieren könne. Und es erwiderte die Kreitmayr, die
mir somit unsympathisch zu werden begann, sie werde künftig
darauf achten und keine Selbstbaumöbel mehr an gebrechliche
Kunden verkaufen. Und dann sagte sie noch, sie wolle sehen, was
sie in Sachen Kratzer tun könne und ich solle in einer Woche
wieder kommen, und dann ließ sie mich stehen und ging.

Nach einer Woche, während der ich die Heike zusammenbaute,
soweit es ging, wurde ich wieder im Deppenlager vorstellig. Mit
dabei hatte ich, außer einem gewaltigen Zorn im Bauch, die

Packliste und die Tüte, in der alle Schrauben, Nägel, Scharniere und speziellen Befestigungs- und Verbindungsmaterialien, die es brauchte, um eine Heike zu bauen, enthalten sein sollten. Sollten.

Tatsächlich waren aber, statt der für die Anbringung der Türen benötigten 8 Topfscharniere nur 7 vorhanden, wovon eines in seine Einzelteile zerbröselte, als ich die Tür einhängte. Von den 24 benötigten kleinen Holzschrauben waren nur 21 enthalten, was nicht so tragisch war, weil ich ähnliche und durchaus passende Schrauben in meiner umfangreichen Nagel- und Schraubensammlung hatte. Die 200 Nägelchen, die beigelegt waren, um damit die Rückwände zu befestigen, waren so winzig und zerbrechlich, dass ich mir beim Einschlagen derselben mehrere Finger dick und wund gehämmert hatte. Und die merkwürdigen Teile, die man in vorgebohrte Löcher stopfen musste, um mit ihnen andere, noch merkwürdigere Befestigungsobjekte zu verbinden, saßen so stramm, dass ich mir im Verlauf der Montage mehrfach die Spitze des Schraubendrehers in die Handfläche bohrte, was auch nicht gerade angenehm war.

Sie - ich war die Ruhe in Person, als ich das alles der Kreitmayr erzählte. Ich blieb auch ruhig, als sie zu mir sagte, wenn man mehr als eine linke Hand hätte, sollte man in der Freizeit lieber Legohäuser bauen als hochwertige Möbel.
Ich blieb auch ruhig als sie sagte, die Garantie sei nun endgültig abgelaufen und mit ein wenig Improvisationstalent könne jeder Depp einen Schrank vom Typ „Heike" zusammenbauen, auch wenn das eine oder andere Teil fehle. Ich blieb auch ruhig, als die Verkäuferin sagte, Ersatzteile gäbe es zur Heike nicht mehr, weil das Produkt, wie sie mir vor dem Kauf gesagt hätte, aus dem Programm genommen worden sei, wofür ich ja gerne den Supersonderpreis hingenommen hätte. Aber als die Kreitmayr sagte, die Tür wäre vom Werk zurückgekommen, sie hätten dort den

Kratzer fachmännisch entfernt und dafür bekäme sie nun 59 Euro Eigenanteil von mir, den Rest der Kosten würden sie auf Kulanz buchen, da habe ich meine gute Kinderstube vergessen.

Ersparen Sie es mir, von den unschönen Szenen zu berichten, die schließlich dazu führten, dass mich der Schrank von Möbelträger packte und zur Hintertür hinausbugsierte, mitsamt unvollständiger Materialtüte und reparierter Heiketür. Bei dem Gerangel fiel mir leider beides aus den Händen. Viele der kleinen Schrauben, Nägel und Spezialbefestigungsobjekte rollten in einen Gully hinein, und aus der Tür splitterte beim Aufschlagen aufs Verbundpflaster ein erhebliches Teil vom massiven Kiefernfurnier heraus, außerdem fing sie sich einen Kratzer ein, die Tür, der noch viel gewaltiger war als der soeben entfernte.

Wieder daheim, habe ich improvisiert. Die zahlreichen nun fehlenden Teile ersetzte ich, so gut es ging aus, meiner über Jahre gewachsene Nagel- und Schrauben-Restesammlung. Den Holzsplitter befestigte ich mit Holzleim an seiner Stelle, wobei ich, ungeübt im Umgang mit Holzleim, ein wenig schmierte, was der Tür eine sehr persönliche Note gab.
Alles in allem war das Ergebnis eher unbefriedigend, und die Marie sagte, es hätte schöner in der Rumpelkammer ausgesehen, als die Heike dort noch nicht stand.

Das ist jetzt ein Jahr her, etwa. Und heute, als ich nach Hause kam, sagte die Marie, es wäre dem Paslamer Boten ein Prospekt eines schwedischen Möbelhauses beigelegen, und es gäbe dort einen sehr schönen Schrank namens „Biggy", der die hässliche Heike sehr gut ersetzen könnte, und die Biggy sei zum Selbstabholen und -zusammenbauen, und das zu einem unschlagbar günstigen Preis, den ich aber nicht mehr erfuhr, weil ich nach einem Jahr wieder einmal meine Kinderstube vergaß.

Na ja, irgendwann wird die Marie aufhören, eingeschnappt zu sein. Und vielleicht fahr ich ja doch noch hin, zu dem schwedischen Möbelhaus, und schau mir die Biggy einmal an.

Wie einmal der Heilige Geist über mich gekommen ist

Ich bin ja ein Mensch, dem ein jegliches Laster abgeht. Doch um nicht als langweilig verschrien zu werden, hab ich mir dann vor einigen Jahren eine kleine Untugend zugelegt - das Pfeiferauchen.

Und so schmauche ich jeden Abend, den ich daheim verbringe, ein Pfeifchen. Da mich zahlreiche gesellschaftliche Verpflichtungen immer wieder aushäusig beschäftigen, rauche ich also fünf bis sechs Pfeifen im Monat - eine Menge, an der auch ein Arzt kaum etwas auszusetzen hätte, wenn ich ihn denn nach seiner Meinung fragen würde.

Meine Pfeife ist eine sehr schöne. Der Kopf ist aus Meerschaum und mit kunstvollen Schnitzereien verziert. Unter anderem ist darauf das Haupt eines Indianerhäuptlings zu sehen, für das der Johnny Depp Modell gesessen haben könnte, so ähnlich sind sich die, der Häuptling und der Johnny Depp.

Ja, und eines abends war es wieder einmal so weit - ich musste den gesamten Abend daheim verbringen. Keine Kirchenratszusammenkunft, kein Tarocken, kein Training bei den ganz alten Herren von Lokomotive Paslam, weder Sitzung vom Kulturausschuss noch vom Dorfverschönerungsverein. Und seit mein bester guter Freund, der Mooshammer Berti, von dem ich Ihnen gewiss schon einmal erzählt habe, freiwillig das Zeitliche gesegnet hat, bereiteten mir auch unsere Stammtische im Ochsen und beim Fröschl, welche mich die halbe Nacht lang dem heimischen Sessel fern hielten, nicht mehr die ganz große Freude.

Also stopfte ich meine Meerschaumpfeife mit einer Prise meines bevorzugten Tabaks, während der Fernseher etwas sendete, was die Marie, die - Sie werden es ahnen oder wissen - meine Frau ist, von ihrem Sofa aus mit Spannung verfolgte. Es war die wiederholt wiederholte Wiederholung eines „Tatort" mit dem Schimanski, worüber ich mich geärgert habe. Es gibt sehr viele gute Tatorte, die allesamt vom Kommissar Veigl bespielt wurden. Die werden aber so gut wie fast gar nicht wiederholt.

Also protestierte ich still und ignorierte das Gefluche vom Schimanski, während ich erste Wölkchen der glimmenden Mischung aus Virginia, Cavendish und Burley ins Wohnzimmer blies.

„Foxy!" schien mir jemand ins Ohr zu hauchen, und ich unterbrach kurz meine Tatortverweigerung und hörte dem Schimanski zu.
„Scheiße!", sagte der.
Und doch meinte ich, aus der Tiefe des Wohnzimmerraumes wieder ein „Foxy!" zu hören. Ein wenig verwirrt sah ich dem luftigen Spiel der Tabaksqualmwolken unter der Wohnzimmerdecke zu. Und dann tat die sich auf, die Decke. Durch das über unserer Stube befindliche Schlafzimmer und den darüber gelegenen Dachboden und Dach, die sich allesamt über mir öffneten, schwebte ein leuchtendes Wesen direkt aus dem sternefunkelnden Weltall auf mich zu, griff und zog mich in die Weiten des Universums hinaus.

Das Wesen sagte, ich solle nicht weinen und schreien, weil meine kleine Welt mich gefangen halte, und ich könne ihm ruhig vertrauen, denn es hätte Erfahrung! Was ich nicht verstand - aber es beruhigte mich. Ja, und dann hielt das Wesen eine Stromgitarre in der Hand, zupfte an den Saiten herum, nannte mich „Joe" und fragte, wo ich hinwolle, mit der Knarre in der Hand. Und da erkannte ich, wer das Wesen war, und ich freute mich und fragte Jimi, was er denn hier machen würde. Und Herr Hendrix sagte, ja, er sei der HGvD, der Heilige Geist vom Dienst, und ich wäre längst schon mal dran gewesen, dass er über mich komme, was mich noch mehr freute.

Es beunruhigte mich nicht im Geringsten, dass ich scheinbar gestorben war, denn ich fühlte mich sehr gut. Purpurdunst durchzog mein Hirn und ich liebte soeben ein Gestirn, als eine junge Dame, die ich sehr wohl als Janis Joplin erkannte, in einem nagelneuen offenen 350er CLK Cabriolet an mir vorbeibrauste. Dann ertönte ein lautes Tuten wie von einem Nebelhorn, und Janis musste eine Vollbremsung hinlegen, um nicht jenes kristallene Schiff zu rammen, das gemächlich zwischen Wolken hindurchzog und an dessen Steuerrad Jim Morrison stand, laut etwas vom Brecht singend. Allerdings war ich mir nicht ganz sicher, ob es nicht der Johnny Depp war, der den Morrison nur spielte.

Dann ertönte das Signal „Schichtwechsel", und Jimi übergab die Insignien des HGvD - Stirnband und Stratocaster - an den herbeigeeilten Rory Gallagher. Und gerade, als Rory (oder war es Johnny Depp, der den Gallagher nur spielte?) die ersten Akkorde vom „Bullfrog Blues" schlug, sah ich aus der Ferne den Berti - meinen allerbesten guten Freund, den ich jemals hatte! - wie er mir mit einer Maß zuprostete! „Berti!", rief ich, und lief auf ihn zu, als mich ein heftiger Schmerz ergriff und ich laut aufschrie und zu Boden fiel. Meine Temperatur stieg und ich bekam hohes Fieber, und John Lennon (oder Johnny Depp …?) beugte sich über mich und sagte, der cold turkey hätte mich erwischt. Und dann brach ein Sturm los, der mich mit sich riss. Der Wind schrie noch „Mary!", und dann verabschiedete sich der Buhrow von mir und meiner auf dem Sofa schlafenden Marie mit dem Hinweis auf die nun folgende Wettervorhersage. Ich verfluchte die halluzinogene Wirkung des Fernsehens und ging zu Bett.

Und am nächsten Morgen beim Frühstück fragte mich die Marie, ob alles in Ordnung sei, und ich sagte, ja, es sei alles in Ordnung, ich hätte recht gut geschlafen. Und sie druckste herum und ich fragte sie, was denn sei, und sie sagte, ja, es wäre ihr gestern ein Malheur passiert und sie hätte nur nix gesagt, weil sie befürchtet hätte, dass ich einen Zorn bekomme, und sie hätte den Schaden ja auch repariert und nun sei sie froh, dass ich nichts bemerkt hätte, denn dann könne es ja so arg nicht sein.

Und ich bat sie, es doch einmal mit einem klaren Wort zu versuchen, und dann sagte die Marie, ja, und es sei ihr am Tag zuvor, als sie den Brieföffner suchte, der auf dem Regal liegt, das auch meine Meerschaumpfeife in ihrem Ständer beheimatet, eben diese meine Pfeife aus dem Ständer heraus und zu Boden gefallen sei, und dabei wäre eine kleine Ecke aus dem Pfeifenkopf herausgebrochen, die sie, meine erschrockene Gemahlin, dann aber sofort mit einem Sekundenkleber wieder angepappt hätte, und es wäre im Grunde genommen überhaupt nix zu sehen.

Ja, so.

Heute wird's nicht gehen, morgen auch nicht. Aber übermorgen Abend habe ich keine Verpflichtungen, die mich dem Hause fernhalten. Und dann werde ich zusehen, ob ich nicht mithilfe einer Flachzange ein kleines Stückerl vom Pfeifenkopf herausbrechen und es mit einem Tropfen Sekundenkleber wieder ankleben und danach einmal wieder gemeinsam mit meinem besten guten Freund eine Maß trinken kann. Oder auch zwei.

Wie es in Paslam einmal einen Mord gegeben hat

Ja, das mit dem Mord in Paslam war eine ganz üble Sache, wobei ein Mord ja immer meistens eine üble Sache ist. Und es handelte sich bei dieser Gewalttat um eine der abscheulichsten Arten des Mordes, nämlich dem aus einer Leidenschaft heraus verübten, gewissermaßen.

Opfer des Verbrechens war der Jochen Sartorius, der wo schon lange mit seiner Elke in Paslam lebte, nachdem sie vor vielen Jahren aus dem Fränkischen hierher gezogen waren, was man ja gut verstehen kann. Und die Tat wurde begangen ausgerechnet von der besten Freundin der Elke Sartorius, nämlich von der Ute Bender, die selbst aus der Gegend von Wiesbaden nach Paslam ausgewandert war und den Jochen und die Elke seinerzeit aus dem Fränkischen nach Paslam gelotst hatte.

Der Jochen war zu Lebzeiten selbstständiger Steuerberater und auch sonst ein rechter Langweiler. Aber das sind ja kaum Gründe, die es rechtfertigen, so einen Menschen umzubringen, und daher wurde die Tat auch allgemein von der Paslamer Bevölkerung verurteilt.
Seine Elke, die wo als gelernte MTA die Praxis beim Doktor Saibling seit vielen Jahren leitet, und die von uns Paslamern spaßeshalber in Anlehnung an die Namensgeberin unserer Kirche auch die „Heilige Elke" genannt wird, weil sie in Ausübung ihres Berufes immer ein verschwiegenes Ohr für die Sorgen und Nöte der Beladenen und Verzweifelten hatte, war das ganze Gegenteil vom Jochen. Die Elke war auf jeder Kirchweih, bei jedem Feuerwehr- und Schützenball und erst recht bei den Festen am Bichl zu Ehren der Herzensguten Uta die letzte Frau, die gegangen ist, und die noch über die Tanzfläche des Festzeltes schwebte, wenn

die Musiker längst ihre Instrumente einpackten und ihr Jochen daheim schon wieder Formulare ausfüllte und Anträge schrieb. Wir haben uns so manches Mal gefragt, wie diese beiden so grundverschiedenen Menschen jemals haben zueinander finden und erst recht es miteinander so lange haben aushalten können, bis sie dann vom Tod in Gestalt der Ute Bender geschieden wurden.

Die Ute, die mit dem Bender Harald - dem Harry, der als Prokurist beim Hopf in Miesbach arbeitet und daher ein ganz großes Ansehen in Paslam genießt, verheiratet ist, hatte ja früher eine eigene veterinärmedizinische Tierarztpraxis in Paslam. Die hat sie dann allerdings irgendwann geschlossen, weil die Paslamer Bauern ihre Kühe lieber von den hiesigen eingeborenen Tierärzten besamen lassen, und weil sie, die Bender, sich sowieso mit Seele und Leib den schönen Künsten hat widmen wollen, was kein Problem war, weil der Harry genug für zwei und noch mehr verdient hat.

So hat die Ute also ihre Tage mit Seidenmalerei, Specksteinschnitzen und als Leiterin der Frauenschreibgruppe „Frauenfedern" an der Miesbacher Volkshochschule verbracht.

Und jetzt werden Sie sich und mich fragen, warum denn so eine kunstsinnige Frau ein so grausames und brutales Verbrechen, dessen Grund Sie sich vermutlich schon denken, und dabei - ich greife mal ein wenig vor - ziemlich daneben liegen, warum denn also so eine Dame, die ihr Leben der Kunst geweiht hat, geradezu, warum solch eine feinsinnige Künstlerin ein solches Verbrechen ausgeübt hat.

Und ich sage Ihnen: Weil Sie verrückt war - wie alle Künstler!

Ich muss nun einmal kurz mit dem Erzählen des Mordes am Jochen Sartorius, der - und jetzt erwähn ich es schon einmal! -

wegen der Susi verübt wurde, innehalten, und ihnen kurz etwas zur rechten Betrachtung über die Kunst und die Künstler im Allgemeinen sagen. Es gibt niemanden, der dazu ein berufeneres Urteil hätte abgeben können als wie mein bester guter Freund, den ein jeder Mensch sich nur wünschen kann, als wie der Mooshammer Berti nämlich.

Es war der Berti ja selbst ein Künstler, gewissermaßen, und zwar ein Lebenskünstler, der auch vor jeder Kunst, die dem Menschen Gutes bringt, einen hohen Respekt hatte. Und der Berti hat es so formuliert, dass es unter den vielen Künsten, die nur geschaffen wurden, damit sich die so genannten Künstler dahinter verstecken und sich so vor rechter Arbeit drücken können, was aber so arg auch nicht sei, weil all die Schriftsteller, Maler, Musiker, Bildhauer und Verpackungskünstler aufgrund ihres Geisteszustandes, der sie alle irgendwann dazu bringt, dass sie sich ein Ohr abschneiden oder eine Flinte ins Maul stecken, dass also diese Existenzen zu einer rechten Arbeit sowieso nicht zum Gebrauchen wären und es überhaupt nur eine Kunst gäbe, die eines Menschen Hochachtung verdiene, und das sei die Braukunst.

Diese Meinung meines verstorbenen Freundes lasse ich einmal so unkommentiert da stehen.

Wir Paslamer wussten ja zunächst gar nicht, warum es zu diesem dunklen Kapitel in der Chronik unserer Gemeinde gekommen war, und was die Hinter- und Beweggründe waren.

Es war der Bruno Willert, was der Polizeichef von Paslam ist, der uns dann einige Tage vor der Gerichtsverhandlung unter dem Siegel der Verschwiegenheit über Details der Untat informiert hat, und es geschah dieses in der Gaststube beim Fröschl. Sie - so leise wie in jener halben Stunde, in welcher uns der Bruno aus dem Gedächtnis die Vernehmungsprotokolle der Ute Bender zitierte, und die der Gschwendtner eifrig mitstenographierte, was dazu führte, dass am Folgetag erstmals in der Geschichte des

„Paslamer Boten" eine Extraausgabe erschien, mit allen Fakten zum „Paslamer Katzenmord", wie er bald vom Paslamer Volksmund genannt wurde, so leise ist es sonst beim Fröschl nur, wenn er geschlossen hat. Und jetzt werd ich Ihnen den Ablauf des Ganzen erzählen und muss Sie nicht einmal um Stillschweigen und Diskretion bitten, weil es ist ja schon eine Weile her und hat sowieso schon alles im Boten gestanden.

Die Geschichte nahm ihren Anfang, als der Ute Bender eine Katze zulief, eine Katze, die so aussah, wie eine Katze aussieht, die man nicht gerne im Haus hat. Es war ein rechtes Straßenkatzenomachen, so hat es die Ute bei den Vernehmungen ausgesagt, wörtlich, so der Willert. Aber die Katze dauerte die Ute, die ein gutes Herz für jede Kreatur hat. Also nahm sie die Zugelaufene, die sie „Susi" taufte, in ihr Haus und befreite die verlauste, verzeckte, verdreckte und völlig abgemagerte Katze zunächst von allen Parasiten und päppelte sie mit bestem Kraftfutter schnell auf, was ihr, als ehemaliger Tierärztin, recht leicht fiel.
Schnell erholte sich die Katze und war ihrem neuen Frauchen eine rechte Schmusekatze. Allerdings verschmähte sie bestes Dosenkatzenfutter, so, als wäre sie in einem Königshaus aufgewachsen. Auch das war kein Problem für die Ute Bender, kaufte sie halt beim Metzger Putenfleisch, Hack und Leber, schnippelte das alles klein und siehe da - Susi fraß es, verschlang es gar. Somit war auch dieses Problem gelöst, und es hätte eine wunderbare Beziehung zwischen der Ute und ihrer Katze Susi sein können, wenn sich da nicht ein anderes Problem als weitaus schwieriger und geradezu folgenschwer erweisen sollte. Die Katze war nämlich nicht stubenrein, und sollte es niemals werden.

Anfangs hielt die Ute diese Stubenunreinheit ihrer neuen Hausgenossin für ein nervliches Problem, bedingt durch die neue Umgebung. Organisch jedenfalls, das hat die Ute bald festgestellt, war die Katze in Ordnung. Dennoch verweigerte Susi beharrlich die Benutzung des Katzenklos und verrichtete ihre großen und kleinen Geschäfte in den Ecken des Flures, im großen Topf des Gummibaums, im Wintergarten und sogar in Harrys Arbeitszimmer - wenn der das gewusst hätte, so die Bender bei der Vernehmung, der hätte sie umgebracht, und die Katze auch. Weshalb die Ute es ihm nie erzählt hat, und zum Glück war das ganze Haus der Benders sowieso gefliest, so dass sich alle Spuren schnell und spurlos entfernen ließen. Sie hätte auch versucht, die Katze zu erziehen, sogar mit der brutalsten Methode, nämlich sie mit der Schnauze in den eigenen Dreck zu tauchen, wenn sie wieder einmal irgendwo ins Haus gemacht hatte. Allein - es nützte nichts. Und wenn die Susi der Ute dann um die Beine strich und schnurrte wie eine alte Diesellok, wenn Frauchen die Katze in den Arm nahm und kraulte, dann hatte die Bender schnell alles Ungemach, das die Katze ihr bereitete, vergessen.

Und dann kam die neue Küche der Benders. Alles vom Feinsten! Birkenholz massiv! Ein Traum! Endlose Arbeitsplatten, die neuesten und edelsten Einbaugeräte! Die Benders waren begeistert, und Susi gefiel sie auch.

Kaum hatten die Handwerker die letzten Schrauben eingedreht und festgezogen, pieselte Susi zum ersten Mal in die Spüle. Das fand die Ute sogar noch gut, lobte die Katze und ermutigte sie sogar, das immer so zu machen, war doch die Katzenpiesel so schnell und ohne Aufwand entfernt und fortgespült. Aber bald darauf wurde die Bender von einem sehr derben Geruch in die Küche gelockt und sah, dass Susi neben dem Herd auf die Arbeitsplatte geschissen hatte. Und da wurde die geduldige Tierärztin erstmals richtig böse mit ihrer Katze. Und als das Viech dann begann, ihre Krallen an den Holztüren der Unterschränke zu wetzen, wurde es Frauchen zu bunt. Sie rief ihre beste Freundin, die Elke Sartorius nämlich, an und heulte sich regelrecht bei der aus. Und die Sartorius, von Natur aus viel resoluter als die feinsinnige Ute, sagte, ja, und da gäbe es nur eines - die Katze müsse aus dem Haus, und zwar sofort, und gleich ab nach Schliersee ins Tierheim. Und dann hätte die Ute gejammert, so der Willert, und hätte gesagt, nein, und das könne sie nicht tun, sie konnte wohl immer problemlos anderer Leute Tiere einschläfern, aber ihre eigene Katze, die ihr so ans Herz gewachsen sei, und die sie so liebe, fortbringen - das könne sie nicht, und es müsse doch sein und sie wüsste keinen Ausweg und sagte noch mal, sie könne das nicht, und dann sagte die Sartorius, ja, und dann würde sie, die Elke, eben tun, was getan werden müsse.

Und eine halbe Stunde später stand die Sartorius vor Benders Haustür, hatte sogar einen Katzenkorb mitgebracht, ging vorbei an der schwer heulenden Freundin, schnappte die Katze, sperrte sie in den Korb, steckte diesen in den Kofferraum von Utes Auto, setzte sich auf den Beifahrerplatz, und dann fuhr die Bender los nach Schliersee, und baute auf der kurzen Strecke vor Aufregung und weil sie vor Tränen kaum sehen konnte, mehrere Beinaheunfälle. Und als sie dann am Tierheim ankamen, war die Katze aus dem Korb ausgebrochen und hatte auf den Sommeranzug vom Harry Bender geschissen, der auch im Kofferraum lag, der Anzug, weil ihn die Ute am Vortag aus der Reinigung abgeholt und dort vergessen hatte, und dann war es der Ute wieder unmöglich zu tun, was zu tun war, und die Elke sagte, ja, und dann mache sie das halt, und schnappte die Katze mit festem Griff, trug sie ins Tierheim und kam zehn Minuten später zurück und sagte, so und nun sei alles erledigt und Susi in bester Gesellschaft, und sie, die Elke, könne sie ja jederzeit besuchen und auch füttern.

Und dann fuhr die Ute zurück nach Hause und baute wieder einige Beinaheunfälle. Daheim angekommen, lud sie ihre beste

Freundin auf ein Glas Sekt ein, zum Dank für ihre Hilfe, und der Sekt schmeckte gut und strömte wie die Leitzach bei Schneeschmelze, und die Frauen kamen auf ihre Männer zu sprechen, und die Elke schimpfte auf ihren Jochen, den steifen Steuerberater, der sonst so ordentlich und spießig sei, aber als Mann ein Schwein, und dass er immer im Stehen pieselt und dabei nie die Brille hochklappt, dass er im Haus immer herumläuft wie die letzte Drecksau, alle erforderlichen Arbeiten an Haus und im Garten immer bis zum Gehtnichtmehr aufschiebt, und dass sie, die Elke, ihn, den Jochen, deswegen oft am liebsten rauswerfen oder sogar manchmal umbringen möchte, wenn sie nur könnte.

Na, und die Ute, die sich in der Schuld ihrer Freundin fühlte, und wie erwähnt, ohnehin Gaga war wie alle Künstler, war im Stillen der Meinung, die Elke als Gegenleistung von deren Problem befreien zu müssen, so wie die Sartorius sie, die Bender, von ihrem Problem, der Katze, befreit hatte.

Und gleich am Abend, die Elke war im Fitnessstudio, hat die Ute den Jochen Sartorius in dessen Haus mit einem geradezu antiken Bolzenschussgerät aus ihrer kleinen Sammlung früher veterinärmedizinischer Geräte vom Leben zum Tode gebracht. Ja, und dann hat sie noch gewartet, die Bender, bis ihre beste Freundin vom Fitness zurück kam, und die staunte nicht schlecht, die Elke, ihre Freundin Ute daheim vorzufinden und war auch gleich sehr neugierig, als die Ute sagte, ja, und sie hätte eine Überraschung, und sie, die Elke, dürfe dreimal raten.

Wie der Berti einmal im Fitnesszentrum gewesen ist

Der Hubert Mooshammer, der Berti also, Sie werden ihn nicht kennen, und er ist ja auch schon tot - der war ein wirklicher richtiger Philosoph, weil seine Philosophie war von dieser Welt und nicht aus dem Hörsaal.

Und es musste der Berti einmal auf dringendes Anraten vom Dr. Saibling in einem Fitnesszentrum - es hatte damals gerade eines in Paslam eröffnet, und zwar in der ehemaligen Molkerei - auf einem Laufband laufen. Weil er (der Berti - nicht der Doktor!), wie das bei denkenden Menschen oft vorkommt, sich sehr oft meistens wenig bewegte und daher schon etwas kräftig gebaut war, um die Hüften herum, nämlich.

Also - er hätte natürlich nicht im Fitnesszentrum laufen müssen, der Berti. Er hätte ebenso gut in Paslam und der herrlichen Umgebung laufen können, aber das wollte er eben nicht, mein bester guter Freund, weil er gesagt hat, dass durch den Autoverkehr die Atemluft doch recht belastet sei mit diversen Kohlenoxiden, was beim Laufen - auch bei gesunden Sportlern! - leicht zu asthmatischen Anfällen führen könne, und dass zudem für einen Sportler eine immense Gefahr bestünde, quasi auf offener Straße oder am Radweg von einem Raser, der die Kontrolle über seinen Porsche oder Geländewagen verloren hätte, oder sogar auf einem Feldweg von einem betrunkenen Bauern mit dem Mähdrescher, überfahren zu werden.

Aber - ganz unter uns! - ich glaube, der Berti hat sich nur ein wenig geniert und befürchtet, man würde über ihn spotten, wenn er, dessen größte sportliche Leistung sich im täglichen Spaziergang zum Fröschl oder Ochsen und später zurück erschöpfte, beim Laufen um den Paslamer Waldsee oder am Bichl gesehen werden würde, und hat daher die vergleichsweise geringe Gefahr, im Fitnesszenter von einem Einheimischen gesehen zu werden, vorgezogen.

Und der Berti hat, als er zur ersten Trainingseinheit ging, noch gespottet, dass er wie ein Hamster im Radl laufen würde, und es ist dann - ich sag's gleich! - bei der ersten Trainingseinheit geblieben, die der Berti nicht einmal beendet hat.

Weil, der Hubert hatte sich ja wegen des zu befürchtenden Flüssigkeitsverlustes beim Laufen ein paar Flaschen vom Hopf mitgenommen. Die hatte er, zusammen mit einigen Kühlakkus, schön vorsichtig in seiner bunten Sporttasche vom Adidas, die er sich sogar extra in Schliersee gekauft hatte, verpackt. Also - nicht, dass er sie verstecken wollte, die Flaschen. Das wäre dem Berti niemals nicht in den Sinn gekommen. Ja, und dann hat es sich mein Freund, nachdem er von einem Kasperl aus dem Fitnesszenter, der sich ihm als „der Timmi" vorgestellt hat, und der so aussah wie kein gesunder Mensch aussieht, nämlich mit Muskeln an Stellen, an denen kein normaler Mensch auch nur einen Muskel hätte, und der, so der Berti später, ein echter Schleimpfropfen sei, für den alles „super" und „easy" und „cool" war, auf dem Laufband gemütlich gemacht. Er stellte eine Geschwindigkeit von 2 km/h ein, was, so der Berti, wenn man dieses Tempo über einen längeren Zeitraum, also 10 oder 15 oder gar 20 Minuten durchhält, sehr wohl und schlagartig zu einer Kräftigung des Herz-Kreislauf-Systems führt, und das - so mein Freund weiter - würde sofort zu einer Verbrennung führen. Und zwar zu einer Verbrennung im Körper, der nämlich das Fett verbrennen täte, unter gleichzeitiger Schonung der Gelenke. Auf die Gelenkschonung legte der Berti einen gesteigerten Wert, er sagte nämlich sogar, er hätte problemlos auch das Laufband auf eine Geschwindigkeit von 20 km/h einstellen und das Tempo 2 Stunden lang laufen können, sowieso! Dann hätte er zwar mit Sicherheit 10 Pfund abgenommen, aber gleichzeitig seinen Knie- und Hüftgelenken und den diversen

Sehnen und Bändern, die so einen menschlichen Körper wie dem Berti seinen zusammenhalten, also - dass er diesen Teilen irreparable Schäden zugefügt haben würde, und dann wär's gleich ganz aus mit der Bewegung und der Fettverbrennung gewesen. Man kann also ersehen, dass sich der Berti durchaus verantwortungsbewusst und gut informiert ans Fettverbrennen gemacht hatte.

Ja, und um der zu erwartenden Dehydratisierung vorzubeugen und dem lebensbedrohenden Flüssigkeitsverlust gewissermaßen - und als er mir das erzählte, der Berti, machte er einen Witz, den ich mein Lebtag nicht vergessen werde - er sagte nämlich: Um dem Flüssigkeitsverlust gewissermaßen schon im Vorfeld das Wasser abzugraben, nahm sich der Berti, als er so vor sich dahin lief auf dem Laufband, ein Flascherl vom Hopf aus seiner bunten Tasche vom Adidas, die er in Greifnähe zum Sportgerät auf einem Schrank deponiert hatte. Und da er versehentlich den Flaschenöffner vergessen hatte, der Berti, öffnete er die Flasche, indem er die Zähne des Kronkorkens an dem Haltegriff des Laufbandgerätes positionierte und zwei, drei mal kräftig mit der Faust auf den Flaschenkopf einhieb, bis der Kronkork im hohen Bogen durchs Fitnesszenter flog und direkt einer recht stabilen Mitturnerin, nämlich der Roswitha Dreyer aus Birkenstein, die sich auf einem Fahrrad ohne Räder bereits arg in Schweiß gestrampelt hatte, in ihren gewaltigen Ausschnitt hinein. Ja, und während der Berti seine Weiße, die ein wenig aus der Flasche herausschäumte und -spritzte und das Laufband gewissermaßen in eine recht klebrige Rutschbahn verwandelte, in ein ebenfalls mitgebrachtes Weißbierglas füllte, begann die Rosi schon recht laut zu schimpfen. Der Berti, ganz Kavalier, bot der Rosi noch an, sie von dem Kronkorken zu erlösen, das hat die Rosi dann aber schon selbst erledigt, was, so der Berti, ein recht ansehnliches Bild war. Und dann kam auch schon der Timmi angelaufen, laut rufend und gestikulierend, und der fand plötzlich gar nichts mehr easy und super und cool, und fragte in einem Ton, der dem Berti nicht gefiel, wie er, der Berti, dazu käme, hier im Fitnesszenter ein Bier aus einem Glas zu trinken, und dabei auch noch das sauteure Sportgerät dermaßen einzusauen, dass es wohl generalüberholt werden müsse, und der Berti antwortete - während er seinen gemächlichen Dauerlauf fortsetzte und dabei mit seinen bierklebrigen Schuhsohlen auf dem bierklebrigen Laufband lustige Geräusche produzierte - ganz ruhig und völlig richtig: Weil man ein Weißbier nur aus einem Glas und nicht aus der Flasche oder gar einem Plastikbecher trinken könne, und dass das bisschen Weißbier auf dem Laufband ja wohl schnell mit einem feuchten Lappen entfernt sei. Ja, und das interessierte den Timmi aber gar nicht, und er schaltete dem Berti direkt das Laufband unter den Füßen ab, und schimpfte gleich noch lauter, als der Berti mit seinen zwar neuen aber nun recht klebrigen und nassen Sportschuhen vom Nike, die er sich ebenfalls extra fürs Training im Fitnesszenter gekauft hatte, aufs Parkett hinunter sprang. Und er belehrte den Berti, dass es aus hygienischen Gründen überhaupt verboten sei, Lebensmittel oder Getränke ins Fitnesszenter mitzubringen und am Ende gar noch zu verzehren, und schon gar nicht aus Glasgefäßen. Und der Berti sagte aber, ja, und er hätte aber einen Mordsdurst gehabt und außerdem hätte bereits die Dehydratisierung eingesetzt, und dann wiederholte er, dass man ein Weißbier nun einmal nur aus einem Glase trinken könne, und zwar aus einem Weißbierglase, und nur Preußen und Japaner und Amerikaner und vielleicht solche zugereisten Pseudobayern wie der Timmi einer sei, täten vielleicht eine Weiße aus einem Plastikbecher trinken. Und der Muskelkasper hörte gar nicht auf zu zetern und sagte, ja, und Alkoholverzehr sei im Fitnesszentrum sowieso verboten, und es stünden ja Wasserautomaten herum, aus denen er, der Berti, sich - sogar kostenlos! - bedienen könne, und eine Weiße oder auch zwei könne er, der Berti, gerne nach dem Sport in der Relax-Lounge des Fitnesszenters zu sich nehmen, und zwar zu durchaus moderaten Preisen. Mein Freund hat dem Aufpasser dann noch sagen wollen, dass er, der Berti, grundsätzlich niemals kein Wasser nicht trinken würde, weil es unhygienisch sei, ein Wasser zu trinken, da man ja wisse, was Fische darinnen treiben würden, hat es aber sein lassen, weil er ahnte oder wusste, dass der Kasperl es ohnehin nicht verstehen würde. Stattdessen hat er dann seine Flüssigkeitsreserven genommen und hat das Zenter verlassen und es auch nie wieder aufgesucht.

Na, und wir haben dann die restlichen Flüssigkeitsreserven gemeinsam in des Bertis Gartenhäuschen zu uns genommen, der Hubert Mooshammer und ich, gemütlich sitzend, philosophierend, und ohne zu kleckern.

Wie ich einmal nicht am SPD-Neujahrsgrillen teilgenommen habe

Ja, das war nämlich am Neujahrstag eines Jahres, in dem - und zwar fürs Frühjahr - die Gemeinderatswahlen anstanden. Und die SPD-Fraktion unseres Gemeinderates, nämlich der Gschwendtner Josef, der Depp, und seine Gattin Jutta, die ich zu dem Zeitpunkt auch noch nicht besonders schätzte, wollten das stets magere Ergebnis ihrer Partei bei den Kommunalwahlen - mehr als zwei Stimmen haben sie in Paslam nie bekommen! - aufbessern, indem sie alle Einwohner namens der Sozialdemokratischen Partei zum Neujahrsgrillfest um 13 Uhr auf dem zugefrorenen Paslamer Waldsee - bei nicht ausreichend dicker Eisdecke am Südufer des Sees - einluden, um bei Bratwurst und Glühwein die Bürger Paslams einander und ihnen ihre politischen Visionen näher zu bringen.

Und wie ich die rotweiße Einladung im Briefkasten fand, Anfang Dezember des Vorjahres war das, hab ich gleich zu meiner Marie gesagt, na, und da werden die beiden Sozis aber schön einsam sein und frieren auf dem Waldsee. Und es sagte die Marie, sie werde auf jeden Fall teilnehmen, da sie nun nicht mehr länger gewillt sei, die hegemonialen Bestrebungen der Filbingers, die schon seit Jahrzehnten den Bürgermeister in Paslam stellen, widerstandslos hinzunehmen und gar mit ihrer Stimme zu unterstützen, und dass es an der Zeit sei, dass Paslam eine echte und starke Opposition, wenn nicht gar einen politischen Wechsel im Gemeinderat erlebe.

Auch diesen Meinungsumschwung meiner Gattin führte ich auf die tendenziell anarchistischen Ayurveda-Wochenenden in Tölz zurück und bereute es einmal mehr, die Marie nicht rechtzeitig davon abgehalten zu haben.

Und am Abend beim Stammtisch im Ochsen brachte ich sofort das Gespräch auf die Einladung und gab, bevor auch nur irgendjemand etwas sagen konnte, unmissverständlich zu Verstehen, dass ich an dieser sozialistischen Propagandaveranstaltung auf gar keinen Fall teilnehmen würde.

Und ausgerechnet mein bester Freund, der Mooshammer Hubert, der Berti also, überraschte mich, indem er sagte, ja, und er hätte am Neujahrstag noch nichts vor, und er könne sich sehr wohl vorstellen, zum Mittag auf Kosten der Sozis ein Bratwürstl zu essen, oder auch zwei, und dass es ja vielleicht auch eine Weiße vom Hopf gäbe, und die anderen Spezerln stimmten ihm zu und sagten, ja, er sei zwar ein Riesendepp, der Gschwendter, der dem Paslamer Boten das Feuilleton macht, und seine Jutta sei eine ausgemachte Xanthippe, aber man dürfe die Gelegenheit nicht auslassen, der bayrischen Sozialdemokratie, die - kaum geboren, schon lange im Sterben liege, aber immer noch nicht gänzlich verrecken wolle - einen entscheidenden Hieb beizubringen, und sei er auch nur finanzieller Natur, indem man die Paslamer SPD-Wahlkasse leer fräße und saufe, um dann am Ende doch wieder jemanden zu wählen, der etwas von der Politik verstünde.

Ich aber blieb standhaft und sagte, ja, und dass ich zwar noch nicht sicher sei, wem ich meine Stimme geben würde, aber der sozialistischen Bande gewiss nicht, und dass ich es aber nicht mit meinem Gewissen vereinbaren könne, von einem Sozialdemokraten oder gar dessen roter Gattin Speis und Trank anzunehmen, und dass ich lieber am Neujahrstag meinen traditionellen Neujahrsschlittschuhlauf auf dem Waldsee - und zwar fernab des SPD-Grillens - machen würde. Und damit war die Sache für mich erledigt.

Den Sylvesterabend verbrachte ich daheim, gemeinsam mit der Marie und dem Ludwig und dem Liesl, bei Diner for One, Monopoly, Raclette und Feuerwerk. Früher hatten wir auch immer jedes Jahr den Berti eingeladen, der ja praktisch keine Familie, sondern nur seine Katze, die Sibylle, hatte. Bis es dann, wie ich an anderer Stelle berichtet habe, zu einem großen und endgültigen Zerwürfnis zwischen der Marie und ihm kam. Und seitdem feierte der Berti, und so auch in jenem Jahr, Sylvester mehr oder weniger alleine beim Ochsen, weil der Toni, der Wirt vom Ochsen, auch alleine lebt, seit ihm seine Gattin vor vielen Jahren abgehauen ist.

Ich bin dann, und die Marie und unsere Kinder auch, gegen 1 Uhr ins Bett gegangen. Der Berti, das erfuhr ich am nächsten Tag, hat mit dem Toni bis 7 in der Früh den Jahreswechsel gefeiert. Es hat in der Nacht noch einen Zwischenfall gegeben, weil der Berti und der Toni bei ihrer intimen aber intensiven Sylvesterfeier die Mitternacht verpasst hatten und ihre Feuerwerke erst gegen 5 Uhr abbrannten, bis dann der Willert Bruno, unser Ortspolizist, auf Anruf mehrerer entrüsteter Paslamer einschritt und den pyrotechnischen Verstoß abrupt beendete.
Und später dann ist er, der Berti, direkt vom Ochsen zur Frühmesse in St. Elke und anschließend heim gegangen, wo er mit der Sibylle auf das neue Jahr angestoßen hat, also der Berti mit einer Weißen, und die Sibylle mit einem Schälchen süßer Sahne. Und weil es ihm bald fad wurde, und er eine leichte Müdigkeit verspürte aber nicht schlafen wollte und am Ende die Grillparty auf dem Waldsee zu verpassen, ist der Berti dann bereits gegen 11 Uhr zum Waldsee gezogen, um an der frischen Luft die leichten Erschöpfungserscheinungen zu vertreiben. Und bei der Gelegenheit wollte mein bester guter Freund dann gleich seine neue Angelausrüstung und seine neue Axt - beides hatte er bei der Tombola auf dem Paslamer Christkindlmarkt gewonnen - ausprobieren, obwohl er noch nie im Leben geangelt hatte.

Die Marie ist dann um kurz vor eins los, hin zum See, und ich wünschte ihr viel Spaß und sagte, ich äße noch eine Wurstsemmel zum Mittag und würde dann zum Schlittschuhlaufen auf den See gehen, mich aber unbedingt vom Grillgeschehen fern halten. Und die Marie sagte nur, ja, und ich sei erwachsen und müsse wissen, was ich tue, und dass sie es aber schade fände, dass ich mich dem sozialen und politischen Leben so entziehen würde, wozu ich gar nichts sagte.

Und als ich bald darauf, die Schlittschuhe noch über der Schulter, am Waldsee ankam, traute ich meinen Augen nicht. Es hatten sich mehr Paslamer zum SPD-Grillen eingefunden als zur Spätmesse am Heiligen Abend in St. Elke! Und schnell erkannte ich, aus sicherer Entfernung und dabei echtes Desinteresse vorspielend, unter den Gästen, die um den großen gastronomischen Grill herum versammelt waren, sogar unseren Prälaten, den Wimmerl, sowie den Filbinger Schorsch, amtierender Bürgermeister und erklärter Gegner der Sozialdemokratie als solcher und der Gschwendtners sowieso. Und es wehten SPD-Wimpel, und es flogen SPD-Ballons durch die Luft, und die Original Bräuhäusl-Buben spielten und sangen ihre originellen Lieder, und es duftete verführerisch nach Grillfleisch und Glühwein, und es war ein Lachen und ein Schunkeln und ein Tanzen sogar, und ich schlüpfte in meine Schlittschuhe und begann, anfangs noch etwas unsicher, meine Bahnen über das glänzende Eis des Paslamer Waldsees zu ziehen, weit genug vom Grillgeschehen entfernt.

Kaum losgelaufen, erblickte ich eine einsame Gestalt auf dem Eise, und es war niemand anderes als mein bester guter Freund, der Berti, mit einer roten wollenen Pudelmütze auf dem Kopf, noch gestrickt von seiner Mutter selig, und den schönen, wenn auch ihm etwas zu großen Wintermantel seines Vaters am Leib, und an den Beinen dessen alte Armeestiefel, mit denen des Bertis

Vater seinerzeit bis nach Russland und wieder zurück marschiert ist, und die der Vater und später der Sohn stets in Ehren gehalten und gut gepflegt haben. Mit seinem neuen Beil hatte mein Freund ein fast kreisrundes Loch ins Eis geschlagen, vor dem er, leicht schwankend, die neue Angel in der einen Hand, eine halb geleerte Maß Bier in der anderen, stand und gebannt auf die Angelschnur starrte.

Ja, Berti, sagte ich, und: Du hier und nicht beim Grillen!, und es sagte der Berti, der immer ein wenig menschenscheu war, mei, und es wären ihm zu viele Leut', und er hätte sich nur eine Maß geholt und beschlossen, sich fürs Abendessen einen Fisch zu angeln. Und ich fragte ihn noch, was er denn für einen Köder genommen hätte, und der Berti gab Schnur nach und fragte, was denn für einen Köder?, es sei doch alles gefroren, da komme man nicht an die Würmer heran, und er hoffe darauf, dass so ein Fisch, der ja naturgegeben sehr neugierig sei, sich am blanken Haken festbeißen würde. Und dann spürte er etwas an der Schnur und drückte mir den Maßkrug in die Hand und holte die Leine ein, und sagte, Sapristi!, und es müsse eine Riesenforelle, ein kapitaler Karpfen oder ein gigantischer Barsch sein, denn es wäre das Viech mörderisch schwer. Und dann konnte mein Freund seinen Fang nicht an Land ziehen, weil er nicht durchs Eisloch passte, und der Berti bat mich, ich möge rasch das Loch vergrößern, bevor sich die Beute davon mache. Und ich rutschte auf Knien ums Loch herum und schlug mit dem Beil aufs Eis ein und verdoppelte so den Durchmesser der Öffnung, und dann passte es und der Berti zog ein verrostetes Herrenfahrrad aus dem Wasser heraus.

Und mein Freund sagte, es sei wohl nicht die rechte Stelle für Forelle und Karpfen oder Rotaugen, und er wolle es an anderer Stelle probieren und fragte, ob ich ihm nicht Gesellschaft leisten wolle, und ich sagte, ja, und warum nicht. Und der Berti meinte, er würde schnell zum SPD-Stand gehen, zwei Bratwürstl und zwei Maß für uns holen, und dann könnten wir gemeinsam auf Karpfen gehen.

Wenig später, die Würste waren schnell gegessen, und das Bier, obwohl vom Gschwendtner gezapft, schmeckte recht gut, hatte der Berti einige Meter vom ersten Loch entfernt ein weiteres ins Eis geschlagen und den Haken, an dem er nun den Zipfel seiner Bratwurst aufgespießt hatte, weil, wie es ihm eingefallen war, Forellen fleischfressende Raubfische seien, im Wasser versenkt und wickelte reichlich Schnur ab. Und ich sagte gerade, ja, und dass es eine Schande sei, wie sich halb Paslam mit dem Sozialismus verbrüdern würde, und dass sogar meine eigene Gattin dabei sei - das wäre das Schlimmste überhaupt, und da sagte der Berti aber schon: Still!, und er spüre etwas und übergab mir seinen Maßkrug und holte die Schnur ein und zog einen alten Kühlschrank vom Bosch aus dem Waldsee heraus.

Was soll ich Ihnen sagen. Die Stimmung bei der SPD, das bekam ich sehr wohl und sogar aus der Distanz mit, steigerte sich zusehends, während der Berti den Paslamer Waldsee entrümpelte. Eine verrostete Autotür, ein nicht mehr zu entzifferndes blechernes Reklameschild, ein stark verwester Hundekadaver mit einem Ziegelstein um den Hals, ein mit aufgequollenen Schulbüchern und Etui gefüllter Ranzen, ein kleines Fernsehgerät, eine Rolle verrosteter Maschendraht, und - zu guter Letzt - ein dickes, meterlanges Seil waren des Bertis Beute, jeweils aus einem neuen Loch herausgezogen, als mein Freund, nach einigen weiteren Maß Bier und Bratwürsten, beschloss, dass es nun genug und er es Leid sei. Und der Berti nahm Angelrute und Beil, und, weil er meinte, so ein Seil könne man immer mal gebrauchen, auch seinen letzten Fang des Tages, und wollte sich auf den Heimweg begeben, als er in seiner geräumigen Manteltasche einen vom Vorabend übrig gebliebenen Riesenkanonenschlag nebst Zündhölzern fand, ihn auf Eis legte und anzündete. Mei, Berti - das gibt einen Spaß, wenn sich die saubere Sozialistenbande gleich vom Donnerschlag erschrecken tut!, sagte ich noch zu meinem besten guten Freund, während wir uns - der Berti eilenden Schrittes, ich auf meinen Schlittschuhen gleitend - vom Eis ans Ufer retteten, und, hinter einem dichten Gebüsch versteckt, die sich anbahnende Gaudi beobachten wollten. Und von dort sahen und hörten wir den Kanonenschlag explodieren! Und - wie erhofft - wendete die gesamte Grillgesellschaft wie auf Kommando gleichzeitig die Köpfe in Richtung des Knalles!

Was die Partygäste nicht, wir aber sehr wohl sehen konnten, war, dass der Kanonenschlag die - von knapp einem Dutzend vom Berti und mir geschlagenen Löchern ohnehin destabilisierte - Eisdecke ins Schwingen brachte. Dem verebbenden Kanonenschlagdonner folgte ein knirschendes Gebritzel. Von jener böllerverbrannten Stelle des Eises breiteten sich gemächlichen Eiltempos feine Risse aus, zunächst von Eisloch zu Eisloch, und dann in alle Richtungen des in der Nachmittagssonne gleißenden Eises des Paslamer Waldsees verzweigend. Oha, Berti!, sagte ich, und der Berti stimmte mir zu.

Die Bräuhäusl-Buben spielten und sangen gerade die Zipfi-Zapfi-Polka, die Partygäste tanzten und hüpften im Rhythmus geradezu euphorisch auf dem Eis herum, als ein Eissprung das Epizentrum der sozialistischen Infiltration erreichte und sich dort nochmals in alle Richtungen vervielfältigte.

Die Bräuhäusl-Buben sahen wir als Erste ins Eis einbrechen, es folgte der glühende Grill mitsamt der sozialdemokratischen Fraktion des Paslamer Gemeinderates - und dann die gesamte Grillgesellschaft.

Der Berti bekam bald darauf vom Landrat in Miesbach die Lebensrettungsmedaille verliehen, und zwar in Abwesenheit, weil ihn seine Menschenscheu davon abhielt, zur Verleihung zu gehen. Und zwar bekam er die Medaille, weil er geistesgegenwärtig - und während ich beim Versuch, meine Schlittschuhe von den Füßen zu bekommen, mich immer mehr verhedderte, stolperte, lang hinschlug und vorübergehend besinnungslos war - die gesamte Paslamer Waldseeneujahrsgrillgesellschaft mithilfe seines Seiles vorm Ertrinken gerettet hatte.

Die Marie trug eine schwere Erkältung davon. Und bei der Wahl im März war der Paslamer SPD ein sensationeller Stimmenzuwachs von 50% beschieden.

Wie meine Marie einmal eine Geschirrspül-maschine hat haben wollen

Ja, und dann hat die Marie, was meine Frau ist, und das schon seit vielen Jahren, urplötzlich und ohne Vorwarnung gesagt, dass sie gerne eine Geschirrspülmaschine haben täte. Und ich sagte zu ihr, ja, das glaube ich ihr schon, dass sie das möchte, dass es aber keine geben würde. Und dann hat sie mich zur Rede gestellt, die Marie, und gesagt, sie sei schon das Gespött von ganz Paslam geworden, weil sie die einzige Frau in Paslam und Umgebung sei, die zwar eine neue Einbauküche aber keine Geschirrspülmaschine hätte, und das nur, weil ihr Mann, also ich, zu geizig sei.

Und dann sagte ich zu der Marie, nein, das stimme so nicht, es sei kein Geiz, ich wäre nur grundsätzlich gegen die Anschaffung unnötiger Geräte, wie es zum Beispiel eine Geschirrspülmaschine ist, und dass es außerdem gut für eine Frau sei, das Geschirr mit der Hand zu spülen. Denn, wie man ja aus der Werbung weiß, hab ich der Marie gesagt, macht das Geschirrspülmittel eine zarte Haut und schöne Finger.

Und dann wurde die Marie grantig und hat einen Ton angeschlagen, den ich lange nicht mehr gehört hatte, und der mir nicht gefiel. Dass ich wohl der Einzige sei, der einer Werbung glauben schenken täte, sagte sie, und stellte mich dann gar zu Rede und sagte, ja, wenn ich so gegen die unnötige Anschaffung von Geräten sei, warum ich mir dann gerade vor wenigen Tagen einen Laubsauger gekauft hätte, obwohl wir doch gar keine Laubbäume im Garten hätten!?

Und dann habe ich zu ihr gesagt, Marie, habe ich gesagt - wir haben keine Laubbäume, aber, wie sie bestimmt wisse, hätte unser unseliger Nachbar, der Strehlow, sehr wohl Laubbäume, und deren Dreck würde jeden Herbst bei uns im Garten landen, und das, obwohl ich dem Strehlow, diesem Hirschen, schon mit Klage gedroht habe, worauf er nur gelacht hätte!

Und dann wurde die Marie auch noch spöttisch und sagte, na prima, nur weil ihr Mann, also ich, kein Mannsbild sei, und dem Strehlow klein beigeben täte, hätte ich mir diesen Laubsauger gekauft und würde dann im Herbst dem Strehlow seinen Dreck wegmachen!

Und ich sagte, nein, Marie - nicht ich werde das Laub beseitigen! So ein Laubsauger - gab ich zu bedenken, ist ein viel zu schweres Gerät für einen Mann mit schwachen Bandscheiben, wie ich es nun einmal bin, und ich hätte mir gedacht, dass sie, also meine Marie, dem Strehlow sein Laub beseitigen könnte. Und um ihr die Arbeit zu erleichtern, hätte ich ihr den Laubsauger gekauft.

Und dann war es ganz aus mit meiner Gemahlin, sag ich Ihnen! Ob ich noch bei Trost sei, wollte sie wissen, was allerdings, vermute ich, eher eine rhetorische Frage war. Und ob ich allen Ernstes glauben täte, sie würde sich mit solch einem Radaumonstrum abschleppen und sich damit Schwielen an den Fingern holen.

Und dann habe ich triumphiert und habe zu der Marie gesagt, die Schwielen, die könne sie ja sofort nach dem Laubsaugen beim Geschirrspülen kurieren.

Wie der Berti einmal im Krieg gewesen ist

Ja, und dann ist der Berti einmal geweckt geworden. Also, er wurde geweckt, ohne dass er es wollte, denn er wollte ja niemals - und hatte das als Privatier auch gar nicht nötig! - vor der Zeit geweckt werden. Und wann die rechte Zeit zum Aufstehen war - diese Entscheidung hat der Berti von Morgen zu Morgen neu getroffen, meistens nach dem Wachwerden, auch unter jeweiliger Berücksichtigung des Vorabends.

Er wurde also an jenem Morgen geweckt von einem Geräusch, einem sehr verdächtigen Geräusch, wie ein dumpfer Schlag und dann ein Scheppern, so hat's mir der Berti dann später am Tag berichtet. Mein bester guter Freund, gar nicht ängstlich, ist dann auch direkt und noch im Pyjama im Morgengrauen in den Garten hinaus, nicht ohne sich zuvor das Nudelholz aus der Küche geholt zu haben. Das hat er aber nicht gebraucht. Denn wie er im Garten ankommt, sieht er auch gleich den Grund für den Radau. Es hatte seinen barocken Gipsengel, auf den der Berti so stolz war, und den er mindestens einmal im Monat gründlich abgeschrubbt und poliert hat, damit er auch immer schön weiß glänzt, der Engel auf seinem Sockel - diesen Gipsengel hatte es mitsamt seines Sockels umgehauen. Und nicht genug damit. Der Engel hatte des Bertis schönsten Rosenbusch nahezu vernichtet, indem er darauf gefallen war, und dem Engel war die linke Schädelhälfte weggeplatzt, als er damit auf einen großen Feldstein, den der Berti extra von einem Fuhrbetrieb aus Aying hatte anfahren lassen, und der seitdem eine Zierde des Gartens war, aufschlug. Und Schuld an allem hatte ein Maulwurf.

Der Berti hatte schon lange das Treiben dieses Tieres mit einer Engelsgeduld, wie sie dem Hubert zeitlebens in allen Lagen eigen war, beobachtet und sich davon nicht stören lassen. Grub doch der Maulwurf meistens immer im hinteren Teil des großen Gartens, im kleinen Wäldchen, also zwischen den Bäumen und Stauden, wo es niemanden störte, und den Berti schon gar nicht. Aber nun hatte der Maulwurf eine unsichtbare Grenze überschritten, hatte den Sockel des Engels untergraben, und damit eine Saite im Berti zum Reißen gebracht, die mir bis dahin völlig fremd war.

Noch am Mittag, als ich meinen Freund aufsuchte, der mich in der Früh sofort angerufen, und damit nicht nur mich, sondern auch die Marie geweckt hatte, und das an einem ihrer ayurvedafreien Wochenenden, was sie meinem sauberen Spezi, wie sie ihn deswegen nannte und es auch so meinte, sehr übel nahm - also noch am Mittag dieses folgenschweren Samstags war der Hubert Mooshammer außer sich und zornesrot im Gesicht, und dieser Zustand änderte sich auch unter Zufuhr kühlen Hopfs nicht wesentlich. Der Berti hatte dem Maulwurf den Krieg erklärt und war zu allem bereit.

Ich habe dann beruhigend auf ihn eingeredet und gesagt, ja, Berti, so ein Maulwurf, das ist doch keine Katastrophe, und da gibt es ganz erprobte Hausmittel, gewissermaßen, diesen kleinen Störenfried zu vertreiben, und dann würden wir dem Engel die abgeplatzten Gesichtsteile wieder ankleben, dass er wieder aussehe wie in der Gartenabteilung des Baumarktes. Und so nach und nach, unter meinem und dem Einfluss des Weißbieres, beruhigte der Berti, der ja von Natur aus der friedlichste Mensch war, den ich kannte, sich wieder und fragte, ja, und was ich denn meinen würde und wie er ihn denn loswerden könne, den Scher *(bayrisch für Maulwurf)*, den elendigen.

Und dann habe ich gesagt, ja, Berti, am sichersten ist es, wenn du ihm am frühen Morgen, grad wenn's hell wird, auflauerst, weil da sind die Viecher am aktivsten, und wenn er dann wirft, der

Maulwurf, stehst du mit deinem Spaten parat, hast ihn - zack! - ausgegraben, packst ihn und bringst ihn weit fort, zum Beispiel zum Bichl, oder zum Waldsee, weil er da keinen Schaden nicht anrichten kann. Und das gefiel dem Berti, und gleich am nächsten Morgen wollte er den Maulwurf ausgraben und fortbringen, und für den Abend hat mich mein bester guter Freund zum Dank für meinen Rat auf ein Bier in den Ochsen eingeladen.

Der Berti ist dann am Sonntag in der Früh, nachdem wir uns voneinander verabschiedet hatten, auch direkt in den Garten und hat sich auf die Lauer gelegt, weil der Tag bereits graute. Die Messe hat der Berti an jedem Sonntag ausfallen lassen und hat gemeint, wenn er den Maulwurf in eine artgerechte Gegend bringen täte, sei das ein gottgefälliges Werk und mehr Wert als in der Kirche schön zu singen, womit er zweifellos wieder einmal recht hatte, der Berti.

Er hat sich also, weil er doch ein wenig müd' war, leise mit Gartenstuhl und Spaten auf seinen Rasen begeben, hat auf dem Stuhl Platz genommen, den Spaten fest gegriffen, scharfen Auges den Erdboden beobachtet, und ist eingeschlafen.

Geweckt wurde der Berti, als er mit dem Gartenstuhl seitlich wegkippte und recht unsanft auf den Rasen aufschlug. Es war bereits hell, und der Berti fand auch sogleich den Grund für die Gleichgewichtsstörung. Der Maulwurf hatte des Stuhles Beine untergraben, die waren ins Erdreich eingebrochen, und den Hubert Mooshammer hatte es geradezu vom Sessel gehauen.

Ja, leider hat der Berti dann mich angerufen und somit auch wieder die Marie geweckt, was die noch viel ärgerlicher stimmte als schon am Vortag. Es war ja auch gerade sieben Uhr. Na, ich hab ihn beruhigt und gesagt, ich käme gleich nach dem Frühstück zu ihm und wir täten beraten, wie es weiter gehen solle.

So kam es dann auch, und ich kam beim Berti an und hatte schon eine Idee. Flaschen!, sagte ich zum Berti, leere Flaschen, in des Maulwurfs Gangsystem eingegraben, mit der Öffnung nach oben! Der Wind, so leise er auch gehen mag, erzeugt dann Geräusche, die dem Scher lästig sind und ihn vertreiben!

Diese alte Schrebergärtnermethode gefiel dem Berti auf Anhieb. Und dass er keine leeren Flaschen im Hause hatte, war für uns kein Problem, hatte er doch etliche volle. Ich hatte ohnehin den ganzen Tag für mich, da die Marie mit dem Ludwig und dem Liesl ihre Eltern besuchen wollte, was sie auch tat. Und am Abend hatten wir eine schöne Anzahl leerer Flaschen beisammen, der Berti und ich, die wir dann gemeinsam eingruben, bevor ich heim ging.

Am folgenden Tag ging es mir nicht so gut, und gleich in der Früh rief mich der Berti im Amt an und sagte, es sei unbeschreiblich, daher versuche er es gar nicht erst, und ich solle nach Feierabend in seinen Garten kommen, und mir die Bescherung selbst ansehen, und überhaupt wäre jetzt Schluss mit Lustig, und nun ginge es dem Scher, diesem breitflossigen Satan, dem miserabligen, endgültig ans Samtfell, und er, der Berti, täte nun keine Gefangenen mehr machen.

Über diese Äußerungen war ich sehr beunruhigt. Und wirklich - was sich mir am Nachmittag in des Bertis Garten bot, war schon ein starker Tobak. Hatte der Maulwurf bisher den Rasen kaum unterwühlt, so hatten ihn die eingegrabenen Flaschen offenbar direkt zum Slalomgraben eingeladen. Alle Flaschen, die wir am Vorabend sorgfältig und exakt senkrecht in das Erdreich gesteckt hatten, hingen schräg oder waren gleich ganz umgefallen. Und vom Rasen war nicht mehr sehr viel übrig. Der Maulwurf hatte ganze Arbeit geleistet.

Jetzt ging der Berti daran, seine Drohung vom Morgen wahr zu machen. Den Gartenschlauch hatte er bereits ausgelegt, nun drehte der Berti das Wasser auf und begann damit, die Maulwurfsgänge unter Wasser zu setzen, indem er den Schlauch einfach in eine zentrale Stelle des Gangsystems steckte. All meine Beschlichtungsversuche prallten am Berti geradezu ab. Und meinen Hinweis, der Maulwurf sei ein naturgeschütztes Tier, quittierte der Hubert Mooshammer mit der Erwiderung: In seinem Garten nicht. Ich mochte dieser Aktion nicht weiter zusehen, wünschte dem Hubert dennoch Erfolg und ging heim.

Am Abend fuhr ich dann doch noch mit dem Radl zum Berti, zu sehen, ob er noch am Wässern sei. Ich traf meinen besten guten Freund in sehr zerknirschter Stimmung an. Er hatte bei seiner Maulwurf-Ertränkaktion nicht bedacht, dass sein Grundstück ein wenig erhöht liegt, auf einem kleinen Buckel, sozusagen. Und gewisse physikalische Gesetze, die dem Berti nur noch vage aus seiner Schulzeit in Erinnerung waren, hatten bewirkt, dass das Wasser, oben beim Berti ins Erdreich geleitet, weiter unten bei einigen Nachbarn aus dem Erdreich wieder heraus- und in deren Kellerfenster hineingeflossen war. Und dem Scher war das kühle Wasser offenbar eine rechte Erfrischung, denn während der Berti unter deren wüsten Beschimpfungen die abgesoffenen Keller seiner Nachbarn besichtigen musste, hatte er des Bertis Rasen den Rest gegeben.

Ja, auf der Arbeit, am nächsten Tag, erzählte ich dann meinem Kollegen, dem Zimbelmayer Schorsch von des Bertis Unglück, und der Schorschi sagte, ja, so einen Plagegeist, so einen unterirdischen, hätte er auch einmal gehabt, und der Berti solle es einmal mit der Chemie versuchen, da gäbe es in Gartengeschäften kleine Kügelchen zu kaufen, die - in den Maulwurfsbau eingebracht - ein harmloses aber übel riechendes Gas entwickelten, das den Scher garantiert vertreiben würde, und jedenfalls hätte er, der

Schorsch, damit jeden Maulwurf ruckzuck und unwiderruflich aus seinem Garten herausbekommen.

Na, meinem Freund, als ich ihm das am Abend erzählte, ging es gleich viel besser, hatten ihm doch die bösen Worte der Nachbarn arg zugesetzt, viel mehr noch als die erwarteten Rechnungen für die Schadensbeseitigungen und Aufräumarbeiten in den Nachbarkellern. Und dann bin ich gleich mit dem Hubert nach Miesbach ins Gartenzentrum gefahren, wo wir uns erkundigten. Und - ja, man hätte solche Kügelchen, und der Berti solle in jeden Scherhaufen ein Teelöffelchen davon einfüllen, und das würde schon reichen. Aber der Berti wollte aufs Ganze gehen und hat gleich 30 Dosen gekauft. Daheim hat er in fast jeden Maulwurfshügel den Inhalt einer Dose geschüttet.
Und in der Nacht gab es einen kräftigen Regen, und als der Berti am Morgen erwachte und alle Fenster seines Hauses zum Lüften öffnete, schloss er sie gleich wieder und musste beinahte speien - eine dermaßen bestialisch stinkende Wolke, die aus den aufgeweichten Maulwurfsgängen gekrochen kam, hatte sich über sein Haus gelegt. Nur dem Maulwurf schien das Zeug Doping gewesen zu sein, hatte er doch den bereits restlos zerwühlten Rasen nochmals frisch beackert.
Und nun war es soweit, dass der Berti seine Niederlage eingestand und resignierte und sagte, irgendwann ginge auch der Maulwurf den Weg alles Irdischen, und das hatte ich mir auch schon gedacht, und der Berti schaute traurig auf das, was einmal sein Rasen gewesen war.

Doch dann kam alles ganz anders. Des Bertis Katze, die Sibylle, von denen ich Ihnen gewiss schon berichtet habe, und die des Bertis einzige große Liebe war, ausgerechnet die Sibylle, die noch nie in ihrem Leben eine Maus, einen Vogel oder eine Ratte gefangen hatte, und wozu auch - fütterte der Berti sie doch nur mit

dem Besten, was beim Metzger zu kriegen war: Innereien, Kalbs-
leberpastete und rohem Putengeschnetzeltem, ausgerechnet die
Sibylle war es also, der es gelang, den Scher, der ihr Herrchen an
den Rand der Depressionen getrieben hatte, zu fangen.

Es war am Abend nach jenem Tag, an dem der Berti vorm
Maulwurf kapituliert hatte. Mein bester guter Freund war gerade
in der Küche zugange, sich sein Abendessen zu richten und für
die Sibylle Geflügelleber klein zu schneiden, als die weißrot-
schwarz gefleckte Katze in die Küche einmarschierte, und einen
noch sehr lebendigen Maulwurf im Maul trug. Na, der Berti nahm
der Katze sofort die Beute ab, schließlich, so der Berti später,
weiß man ja nicht, was so ein Maulwurf möglicherweise an
Krankheitserregern mit sich trägt, und die Sibylle, wenn sie ihn
denn gefressen hätte, sich für Krankheiten eingefangen hätte, und
stellte der Katze zur Belohnung ein Schälchen mit Leber hin und
versprach ihr zum Nachtisch eine Portion Sahne.

Den Maulwurf, den mistigen, der sich mit erstaunlicher Vehe-
menz zur Wehr setzte, trug der Berti in der bloßen Hand in seine
Werkstatt. Dort legte er den Quälgeist, nicht ohne dessen Hinter-
teil weiterhin festzuhalten, auf den Amboss, griff sich den
zweipfündigen Fäustel und holte damit aus, dem Scher den Ga-
raus zu machen.

Und als ich beim Lechner zum dritten Mal läutete und niemand
öffnete, fiel es mir ein, dass sich der Lechner, dieser grüne Öko-
spinner, der mein Kollege ist, ohne dass ich es wollte, und der
sein Haus mit Sonnenenergie beheizt, einen Rapsdieselgolf fährt -
aber nur, wenn sein Hollandrad einen Platten hat, und der Lechner dringend wo hin muss - dass also mein Kollege, der keinen
Leberkäs und keine Haxe und überhaupt kein Fleisch sondern
nur Tofu und Grünkerne isst, und der keine Fliege und keine
Mücke und keine Wespe tötet, sondern sie, wenn er einmal über

sich hinauswächst, verscheucht - da fiel es mir also ein, dass sich der Lechner vor wenigen Tagen in einen dreiwöchigen Urlaub verabschiedet hatte, und zwar nach Aserbeidschan, wo er nun mit Zelt und Rucksack und Frau unterwegs war, um irgendwelche schwarzfüßigen Olme vorm Aussterben zu retten.

Auf dem Fußweg zum Lechner hat mir der Berti immer und immer wieder erzählt, dass er erst in letzter Sekunde gewahr wurde, was für ein schönes, kräftiges, anmutiges Tierchen so ein Maulwurf doch sei, mit seinen gewaltigen Schaufeln, seinem samtweichen, pechschwarzen Fell und dem zierlichen Näschen, und wie stolz und todesverachtend dieser erbitterte Gegner seiner Exekution entgegen- und seinem Henker ins Auge gesehen hatte, und dass er, der Maulwurf, doch ihn, den Berti, besiegt hätte, und dass es nicht recht sei, einen so starken Gegner einfach zu er-schlagen, nur weil der viel kleiner war, und dass überhaupt der Scher doch viel früher da war, als der Berti und dessen Eltern zuvor, und dass der Maulwurf daher eine Daseinsberechtigung hätte, sei er doch genauso Teil der Schöpfung wie er, der Berti, und ich auch - und das alles zeigte mir einmal mehr, dass der Berti ein großer Naturphilosoph war.

Na, und nachdem der Berti den kleinen Wühler hat erschlagen wollen und sich sein Gewissen gemeldet hatte, rief er mich an, der Berti, und fragte, was man denn nun machen könne mit dem Tierchen, und da fiel mir sofort der Lechner ein, weil der nun doch auch einmal zu etwas nütze sein könne, und ich sagte, warte Berti, und ich bin gleich bei dir, und dann gehen wir zum Lech-ner, der wo ein großer Natur- und Tierschützer ist, und der wird froh und dankbar sein, die Patenschaft und Pflege für einen Maulwurf übernehmen zu dürfen.

Ja, und dann standen wir da auf der Treppe vor der Haustür vom Lechner, mit dem Maulwurf in einem kleinen Holzkisterl, das der Berti zur Hälfte mit Gartenerde gefüllt und sogar in Unwissenheit

über eines Maulwurfs Ernährungsgewohnheiten einige Löwen-
zahnblätter hineingelegt hatte, und der Lechner war nicht da.
Während ich überlegte, was nun zu tun sei, blickte ich über den
gepflegten Rasen und die ordentlichen Rabatten und Beete, die so
gar nicht zum Lechner passten, weil der eher einen wilden, ur-
wüchsigen Garten schätzte, dass dieser Kleinpark aber - so hat er
es mir einmal gestanden - ein Zugeständnis an seine Gattin sei,
die halt gerne im Garten arbeitet und gern alles schön gepflegt
hat, und dann sagte ich, Berti, sagte ich, ich hab's, und wir sind
sowieso am Ziel, und der Lechner, wenn er aus dem Urlaub
zurück ist, wird uns dankbar sein.
Und dann hat der Berti den Scher mitten in des Lechners Rasen
ausgesetzt. Sie - ich weiß nicht, ob Sie schon einmal gesehen
haben, wie schnell so ein Maulwurf sich in die Erde eingraben
kann. Ein Wahnsinn!, sag ich Ihnen - ein Wahnsinn! Und kaum
hatte sich unser kleiner Freund eingegraben, entstand schon bald
ein erster Haufen, dem kaum eine Minute später, nur einen halben Meter entfernt, ein zweiter folgte, und dann noch einer, und
dann noch einer, und dann sind der Berti und ich gegangen und
haben uns gesagt, der Lechner, der wird sich freuen, wenn er
wieder daheim ist, und einen schönen, natürlichen Garten vorfindet, wo zuvor eine langweilige Parklandschaft war, wie man sie
auf jedem Paslamer Grundstück vorfindet.

Wie dem Gschwendtner seine Vorfahren nach Paslam gekommen sind

Jetzt will ich Ihnen, weil es Sie interessieren wird, einmal etwas über einen Paslamer Mitbürger erzählen, von dem Sie zwar einiges, aber noch nicht alles wissen.

Es wird Sie nicht erstaunen aber dennoch interessieren, dass ich natürlich nicht der einzige Paslamer Bürger bin, den wo es aus nichtbayrischen Regionen, in meinem Falle, wie bereits berichtet, aus Norddeutschland, nach Paslam verschlagen hat, gewissermaßen. So ist auch der Gschwendtner Josef, unser Redakteur für Kultur beim Paslamer Boten, von dem ich Ihnen schon gelegentlich erzählt habe, genaugenommen kein echter Paslamer, obwohl er hier geboren wurde. Weil nämlich seine Vorfahren aus dem Schwäbischen stammen, und zwar aus Gschwend.

Es war der Michael Gschwendner aus Gschwend, was der Ururgroßvater vom Josef war, von Beruf ein Eselverleiher, dessen Leidenschaft aber das Alphornschnitzen war. Um 1830 fasste er den Entschluss, die Eselverleiherei, die nach seiner Ansicht (mit der er ganz richtig lag!) ohnehin keine Zukunft hatte, sausen zu lassen und sein Hobby zum Beruf zu machen.

Er hat dann also das Vollzeitalphornschnitzen angefangen und seine Alphörner wie sauer Bier angeboten - allein: kein einziges hat er verkauft! Schlimmer noch - die Leute spotteten über ihn und seine merkwürdigen Musik- und Signalinstrumente.

1832, völlig enttäuscht von Heimat und Landsleuten, packte er Frau und Kinder und Sack und Alphörner und wanderte aus, und zwar nach Paslam. Wo er natürlich - das Schicksal des Zugereisten in Paslam! - erst einmal von der hiesigen Bevölkerung geschnitten wurde.

Natürlich kaufte auch dort niemand seine Alphörner, obwohl der eine oder andere hinter vorgehaltener Hand zugab, dass die so schlecht nicht waren! Ignaz Bechtlgruber erzählt heute noch, dass sein Großvater dem Michael Gschwendner beinahe ein Alphorn abgekauft hätte, ihm dessen Gattin Veronika das aber unter Androhung von Tabak-, Bier- und Liebesentzug verboten hat! Und, obwohl oder gerade weil der Anton Bechtlgruber, also des Ignazens Vater, damals auch schon weit in den 90ern war, hat die letzte der angedrohten Sanktionen ihn letztlich von einem Kauf Abstand nehmen lassen.

Der Gschwendner Michael war kein Dummer, aber alsbald kurz vorm Verhungern, und seine Familie auch. Und da hatte der Mann eine Idee, welche nicht nur sein Leben verändern, sondern auch das seiner Kinder und Kindeskinder beeinflussen und prägen sollte!
Und zwar zog der Michael Gschwendner frühmorgens, während die Paslamer Bürger beim Frühstück saßen, sowie mittags, wenn sie Mittag aßen, und am Abend, wenn sie zur Nacht speisten, durch die Straßen Paslams, schob ein Alphorn auf einem selbstgebauten Wägelchen vor sich her, blies gelegentlich hinein, um Aufmerksamkeit zu erlangen, und verkündete den Paslamern die neuesten Neuigkeiten aus Paslam und Umgebung, die er zumeist frei erfunden hatte. Also zum Beispiel, wie es die Veronika Bechtlgruber in ihrem Tagebücherl notiert hatte, dass dem Lensinger Sepp ein Kalb mit drei Köpfen geboren wurde, im Paslamer Waldsee eine gewaltige Seeschlange gesichtet wurde, der damalige Papst beabsichtige, St. Elke zu besuchen, ein Mann aus Miesbach eine Maschine erfunden hätte, die schneller rechnen könne als der schlaueste Mensch, und ähnliche Flunkereien. Die Leute mit Sensationsmeldungen und Lügen zu unterhalten ist also keine Erfindung vom Springer!

Ja, und was soll ich sagen! Bald warteten die Paslamer geradezu bei den Mahlzeiten auf den Frühboten, den Mittagskurier, die Abendnachrichten! Und weil die Paslamer nicht geizig sind und eine ordentliche Arbeit, auch wenn ein zugezogener Preuße sie leistet, anerkennen, warf immer mal wieder jemand dem Gschwender den einen oder anderen Kreuzer oder Taler zu. Und davon konnte der Michael, den man dann auch bald den „Paslamer Boten" nannte, recht gut leben und seine Familie ernähren.

Nicht lange, und dem Michael Gschwendner wurde feierlich vom damaligen Paslamer Bürgermeister das "t" verliehen.
Der Rest ist Geschichte.

Wie ich einmal auf einer Ü30-Party gewesen bin

Ja, und dann hat der Fröschl, was der Wirt vom Wirtshaus Fröschl ist, also von dem Gasthaus, in dem er, der Fröschl, Pächter und Wirt ist, und bei dem meine Spezerln und ich uns ziemlich regelmäßig, das heißt fast täglich, außer donnerstags, weil da der Fröschl Ruhetag hat und wir zum Ochsen gehen, und außer samstags, weil ich da immer meistens in Familie mache, am Stammtisch sind und tarocken - also da hat der Fröschl gemeint, er müsse doch einmal auch seinen großen Saal, den er sonst zu Hochzeiten, Beerdigungen und anderen festlichen Anlässen vermietet, dass er den einmal nutzen sollte und wollte, um darin eine Party für Paslam und Umgebung zu feiern, und zwar für den reiferen Teil der Bevölkerung, genauer gesagt, für jene Menschen über 30. Der Fröschl wollte, um das jetzt nochmal zusammenzufassen, eine Ü30-Party veranstalten.

Und wir vom Stammtisch haben gleich gesagt, dass so etwas ein großer Schmarrn sei, den kein Mensch brauche, und schon gar nicht in Paslam. Und dass ich sowieso nicht kommen täte, und meine Freunde und Bekannten ganz gewiss auch nicht. Und am End, hab ich dem Fröschl gesagt, wird wohl nur der Bechtlgruber Ignaz, der schon fast zur Ü100 gehört, zu seiner Ü30-Party kommen, weil der Ignaz schon ein wenig wunderlich ist und jeden Mist mitmacht, bevor's für ihn zu spät ist. Und meine Spezerln vom Stammtisch haben mir alle zugestimmt - mit Ausnahme vom Wimmerl.
Ausgerechnet der Wimmerl hörte sich meine und unsere Argumentationen ganz ruhig und ohne Gegenrede an, wie er als Prälat und höchste kirchliche Instanz in Paslam es gerne tut, und sagte dann aber, ja, und der Fröschl hätte so unrecht nicht, und es wäre so eine Party für die Bürger, welche über dreißig und somit auf-

grund ihrer Lebenserfahrung und ihres Wissens geradezu die Speerspitze der bayrischen und somit auch der Paslamer Wirtschaftskraft seien, doch eine schöne Gelegenheit, sich einmal untereinander und dazu noch mit ihren Ehepartnern auszutauschen und eine Gaudi miteinander zu haben und somit auch eine Festigung ihrer sozialen Stellung herbeiführen könnten. Und wer will schon einem Wimmerl widersprechen? Wir wollten es jedenfalls nicht.

Ja, und wie ich dann am nächsten Tag der Marie, was meine Frau ist, von des Fröschls saudummen Plan und des Wimmerls enthusiastischer Stellungnahme berichtete, war die Marie auch gleich Flamme und Feuer und sagte, das sei wohl das erste Mal, dass der Fröschl eine vernünftige Idee hätte, und dass wir, sie und ich, selbstverständlich zu der Party gehen täten und so endlich einmal wieder Gelegenheit hätten zu tanzen, und dann hatte ich erst recht kein Interesse mehr an der Veranstaltung, aber die Geschehnisse, welche zu meiner ersten - und ich sage es gleich - wohl auch letzten Ü30-Party in Paslam führen sollten, nahmen bereits ihren Lauf.

Bevor ich von der Party für die reifere Jugend im großen Festsaal des Fröschl berichte, muss ich Ihnen jetzt noch kurz etwas über mein Verhältnis zu Partys im Allgemeinen erzählen. Es verhält sich nämlich so, dass ich schon lange keine Partys mehr aufsuche, wenn ich nicht unbedingt muss, sondern nur, wenn's die Marie für wünschenswert erachtet. Und was es bedeutet, wenn die Marie etwas für wünschenswert erachtet, und was die Folge sein kann, wenn ich ihren Wünschen nicht nachkomme, hab ich Ihnen schon einmal erzählt.
Und ich gehe deswegen nur unter Androhung schwerster Sanktionen auf Partys, weil mir - wie es der Danzer, Gott hab ihn selig, mal so schön gesungen hat - auf Partys immer fad ist, weil meistens

immer die Musik zu laut und die Leute zu gutgelaunt sind, und weil man sich immer unterhalten muss, und das über den größten Mist, und immer freundlich und nett sein muss man, und weil man sich zieren muss, von den trockenen Kleinigkeiten zu essen, obwohl man einen Mordshunger hat, weil man vor der Party nix gegessen hat, da man insgeheim gehofft hat, dass es doch einen Schweinsbraten gibt, wenigstens einen kalten, dann aber doch meistens enttäuscht wird, und die trockenen Kleinigkeiten, wenn sie der Hunger einem reintreibt, die Kehle verkleistern und man gar nicht so viel trinken kann wie man möchte, weil man sich nicht betrinken darf, obwohl man gerne möchte, da man sonst schnell in den Verdacht gerät, ein noch nicht trockener Alkoholiker zu sein. Partys sind für mich eine Form der Folter, die im Gewand der gesellschaftlichen Verpflichtung daherkommt.

Einer der erbittertsten Gegner jener Party war natürlich mein Berti. Was wir, die wir doch alle eher U50, also um die 50 wären, auf einer Party mit dem ganzen jungen Kraut anfangen wollten, fragte der Berti, der mein bester guter Freund war solange er lebte, und er fragte zurecht. Und dass er auf keinen Fall nicht kommen täte, und sich lieber einen schönen Abend mit der Sibylle, was seine Katze war, und sogar notfalls mit dem Gottschalk, dem Erzschwätzer, machen würde. Und wenn der Berti sich freiwillig den Gottschalk anzusehen bereit war - das wollte schon etwas heißen.

Zudem kriegten wir, die wir von vornherein gegen die Veranstaltung und fest entschlossen waren, sie zu boykottieren, auch wenn die Marie von dem Tag an, wo ich ihr davon erzählt hatte, nur noch darüber nachdachte, was sie an jenem Abend zu der rauschenden Fete anziehen würde, und sich mehrmals täglich mit ihren Freundinnen und Nachbarinnen aus Paslam darüber austauschte, Schützenhilfe ausgerechnet von einem, den ich so gerne auf meiner Seite nicht und sowieso nur selten habe - vom Josef Gschwendtner, der wo ein Redakteur in Sachen Kultur beim Boten, also bei unsrer Heimatzeitung, und darüber hinaus ein Sozialdemokrat ist. Der Gschwendtner nämlich, als der, wie auch immer, von der geplanten Discoveranstaltung Wind bekam, kündigte sofort einen Artikel im Boten über den unsäglichen Zeitgeist der Greisendiscos an, bei denen selbst honorigste Bürger sich entblödeten, teilzunehmen, und somit der Jugend das Zerrbild einer Fratze zu liefern von denen, welche gerade ihr, der Jugend, ein Vorbild sein sollten. Oder so ähnlich.

Es war mir auch ziemlich egal, was der Gschwendtner schreiben würde, wenn es nur verhindern täte, dass ich zu einer Discomusik tanzen müsste.

Leider hatte der Gschwendtner die Rechnung ohne die Jutta gemacht, was seine Frau und ebenfalls eine Sozialdemokratin und sogar stellvertretende Ortsratsvorsitzende und erste Frauenbeauftragte der SPD in Paslam ist. Die, eine Schulfreundin meiner Marie, hat dem Gschwendtner nämlich schwere Sanktionen angedroht, falls er seinen Feldzug gegen eines der größten gesellschaftlichen Nachkriegsereignisse in Paslam, auf das sogar die Hammeln aus Miesbach neidisch sein würden, aufnähme.

Es nützte also alles nix.

Und so kamen die Marie und ich an jenem Samstagabend beim Fröschl an und stellten auf dem Weg dorthin schon fest, dass das Fest ein großer Magnet zu sein schien. Alle Straßen von Paslam waren zugeparkt. Und es waren nicht nur Miesbacher Kennzeichen zu sehen, sondern auch Tölzer, Rosenheimer und sogar Münchner. Vor dem Eingang zum Saal wartete bereits eine Menschenmenge die größer war als die größte, die man bisher in Paslam auf einem Fleck gesehen hat - jene, die gut dreißig Jahre zuvor das Freundschaftsspiel auf heimischem Platz der Lokomotive Paslam gegen den FC Bayern München sehen wollte, und das waren über 2.000 Menschen, nämlich ganz Paslam.

Das Spiel, dieses aber nur am Rande, endete mit einer überraschend knappen Niederlage der PasLok von 0:1. Allerdings, das muss gesagt sein, wurde die Begegnung bereits nach 30 Sekunden vom Schiedsrichter abgebrochen, und zwar wegen der Zuschauerausschreitungen nach dem ersten Tor, das der Müller Gerd direkt nach Anpfiff erzielt hatte.

Nach längerer Wartezeit kamen dann auch endlich die Marie und ich in den Festsaal hinein, nachdem wir dem Fröschl ein sündhaftes Eintrittsgeld von 12 Euro pro Person bezahlt hatten. Ich fragte noch den haifischgebissigen Blutsauger, der das Eintrittsgeld persönlich kassierte und jedem, der bezahlt hatte, als Quittung einen Stempel auf den Handrücken drückte, ob bei den 12 Euro die Getränke inclusive seien, was der Kassierer aber mit einem Satz verneinte, den ich hier nicht wiederholen möchte, der aber dazu führte, dass ich eine ganze Weile den Fröschl mied und die Abende stattdessen beim Ochsentoni oder sogar daheim verbrachte.

Und wie wir in den Saal hineintraten - wer rief mich da aus der Tiefe des Raumes beim Namen und forderte mich auf, bei ihm am Tisch Platz zu nehmen? Genau - der Berti!

Die Marie war darüber gar nicht begeistert, da das Verhältnis zwischen meinem besten Freund und ihr eher angespannt war, seitdem der Hubert Mooshammer, wie der Berti ja mit bürgerlichem Namen hieß, mir einige Zeit zuvor dabei behilflich gewesen war, Haus und Garten zu reinigen und zu renovieren, als die Marie für ein paar Tage verreist war.

Es war allerdings das Platzangebot schon recht eingeschränkt, da die meisten Bänke und Tische bereits besetzt waren. Leider saß beim Berti am Tisch auch der Gschwendtner mit seiner Jutta, die aufgebrezelt war wie eine Horizontaldame, deren Geschäfte schlecht laufen, und die ich noch nie hab recht leiden können, weil sie eine Sozialdemokratin und die Frau vom Gschwendtner ist, und überhaupt. Aber es saßen zudem noch der Bechtlgruber Ignaz, der Sturzhammer Ferdl mit seiner Kati, und der Wimmerl mit seiner Haushälterin, der Hundringer Anni, am Tisch, und diese Besetzung versprach dann doch einen angenehmen Abend.

Und während ich den Berti begrüßte und ihn fragte, wie es komme, dass er doch an der Party teilnehmen tät, und die Marie gleichzeitig ihre Freundin Jutta begrüßte und wir alle gemeinsam den Gschwendtner ignorierten, und der Ferdl, der zwar ein wenig unterbelichtet aber ein echter Pfundskerl ist, über sein gesamtes Gebiss grinste, das aussieht als würde es aus 78 Zähnen bestehen, grinste, und der Berti mir sagte, ja, er hätte im Programm gesehen, dass der Jauch zu Gast beim Wetten das ist, und dieser Umstand noch ein Grund mehr sei, den Gottschalk nicht zu schauen, machte der Fröschl sich auf der Bühne am Mikrophon zu schaffen und begrüßte alle aufs Herzlichste und wünschte viel Spaß mit der Coverband *Sweety Glitter*, die unseren junggebliebenen Ü30-Knochen gleich richtig einheizen würde, worüber tatsächlich außer dem Ferdl noch einige andere Gäste lachten, vermutlich Urlauber.

Ja, und dann brach die Musik los und die Tanzwütigen stürmten die Tanzfläche und sogar der Wimmerl, der ja schon zur Ü60-Fraktion gehört und seine etwa gleichaltrige, aber recht gut erhaltene Witwe, die ihm schon seit etlichen Jahren den Haushalt führt, tanzten alsbald im Wiegeschritt zu *Paint it Black*.
Die Marie wollte auch sofort tanzen, aber ich sagte, nein, noch nicht, weil ich einen Durst hätte, den ich gerne erst einmal löschen tät, bevor ich mich sportlich verausgaben würde. Ja, und das war das Stichwort für meinen Berti, der wieder einmal seinen Großraumrucksack dabei hatte, und zwar unterm Tisch, wie ich nun

feststellte. Und es zauberte mein Freund vier Flaschen Helles aus seinem Rucksack hervor, recht gut gekühlt sogar. Er hätte, sagte der Berti, damit gerechnet, dass der Fröschl, der bei uns Stammtischlern als sparsam gilt, um es freundlich zu formulieren, auch heute Abend sparen würde, nämlich am Bedienungspersonal, und dass die Lieferzeiten fürs Bier recht lang zu werden drohten, und daher eine Selbstversorgung angezeigt sei. Und er reichte dem Ignaz, dem Ferdl, mir und sich selbst eine Flasche, und wir freuten uns über des Gschwendtners neidische Blicke, als der Berti feststellte, dass er einen Öffner vergessen hatte. Das erwies sich aber keinesfalls als Problem. Der Sturzhammer Ferdl, der eigentlich Krauthofer Karl heißt, aber schon immer Sturzhammer Ferdl genannt wurde, weil er seit frühester Jugend fast jeden Abend sturzhammerbesoffen ist, und zudem ein Gebiss wie ein Pferd hat, weswegen ihn die Paslamer, mit Ausnahme seiner Kati, die ihn beharrlich Karl ruft, schon seit seiner Jugend den Sturzhammer Ferdl nennen, öffnete uns die Flaschen mit den Zähnen.

Und als ich gerade, nachdem ich mit den Spezerln angestoßen hatte, einen kräftigen Zug aus der Flasche genommen hatte, stieß mich die Marie an und sagte, schau, dein Sohn, und wies mit einem Kopfnicken in eine Richtung, in der ich den Ludwig mitsamt seiner Blase, also dem Zirlgruber Andi, dem Gschwendtner Viktor und einigen anderen erblickte. Und ich sagte zur Marie, wart', und dass ich dem Mistfinken, dem elendigen, gleich zeigen würde, wo der Barthel den Most holt, und dass er, der Ludwig, auf einer Ü30-Party nichts zum Suchen hätte und ich ihm gehörig den Marsch blasen und ihn vor die Tür setzen würde.
Ich bin dann auch aufgestanden und gleich hin zu der Bande, und wollte den Ludwig grad so recht zusammenfalten, da streckt mir eine hübsche junge Dame, die ich im Halbdunkel des Saales nicht gesehen hatte, die Hand entgegen und begrüßt mich aufs Freundlichste und sagt, sie sei die Corinna, die Freundin vom Ludwig,

und dass sie sich freue, mich endlich einmal kennen zu lernen. Und da hab ich dem Ludwig spaßeshalber eine Watsche angedeutet und gesagt, er hätte mir das hübsche Fräulein schon längst vorstellen sollen, und hab ihn gefragt, was denn er mit seinen 17 Jahren auf einer Ü30-Party wolle, und er hat gesagt, er wolle seine alten Eltern einmal richtig abfeiern sehen, worüber ich sehr gelacht habe und dann hab ich dem Ludwig noch zwanzig Euro zugesteckt und ihm gesagt, er soll sich aber nicht besaufen.

Und wie ich dann wieder am Tisch zurück war, fragte mich die Marie, ob ich dem Ludwig ordentlich Bescheid gegeben hätte, und ich sagte, ja, hab ich. Und in dem Moment, *Sweety Glitter* spielten gerade *Highway to Hell*, der Ignaz drehte sein Hörgerät noch ein wenig weiter auf und grantelte herum, dass die Musik zu seiner Zeit viel zackiger gewesen sei, und der Wimmerl und seine Tanzpartnerin wogten noch ein weniger lebhafter in den Hüften, betrat eine größere Gruppe martialisch aussehender junger Männer den Festsaal, und es handelte sich dabei, wie sich bald herausstellte, um die Motorradgruppe *Brave Bavarians* aus Miesbach.

Ja, und einer von denen, groß und muskulös, die langen Haare zu einem Zopf geflochten, über und über tätowiert und mit viel Blech im Gesicht, kam bald darauf an unseren Tisch und direkt auf die Marie zu, die - ich muss es gestehen, obwohl ich es ihr nicht gesagt hatte, damit sie keine falschen Schlüsse zieht und am End gar Erwartungen damit verknüpft - an dem Abend noch ein wenig fescher aussah als sonst, und das obwohl sie ja schon weit Ü40 war und sich einmal im Monat an ihrem Ayurvedawochenende von Einläufen, kalten Güssen und heißem Wasser mit geraspeltem Ingwer und Tofu ernährte. Und der Wildling sagte zur Marie, er sei der Floyd, der Chef von den *Brave Bavarians* und ob sie mit ihm tanzen möchte, und ich sagte, nein, das möchte sie nicht, und dann fragte der Floyd mich, ob ich eine ins Maul haben möchte,

und ich sagte, nein, lieber nicht, und dann rief der Ignaz plötzlich: „Ja - Flori, bist du das?"
Und da war der Floyd der Florian Bechtlgruber aus Miesbach und zudem der Urenkel vom Ignaz, und ich sah eine Tätowierung auf Floyds Unterarm **Lewwer duad üs Slaav**, und dann ging er los und tanzte mit meiner Marie, der Rockerpräsident.

Ja, und ich saß da und trank Bier mit dem Berti, dem Ignaz und dem Ferdl. Der Berti hatte gleich eine vierfache Portion Weiße und ein Dutzend doppelter Doppeltgebrannte bestellt, was dem Ferdl sehr gut gefiel und seiner Kati aber weniger, weil der Ferdl recht schnell trank und auch an jenem Abend seinem Spitznamen Ehre zu machen versprach. Und der Ignaz erzählte, dass sein Urenkel, der Flori, eine gute Position in München innehätte, und er wäre der oberste Sicherheitsbeauftragte im „P1", was ein beliebtes Tanzlokal sei.
Ja, und dann lächelte mich die Jutta, die neben ihrem griesgrämig dreinschauenden Josef saß, an, und ich fand, so schlecht sah sie doch gar nicht aus. Und um der Marie zu beweisen, dass ich gar nichts gegen ihre Freundin habe, obwohl die Marie das gelegentlich mutmaßte, fragte ich die Jutta, ob sie mit mir tanzen wolle, und das, obwohl sie neben dem Josef die andere Hälfte der sozialdemokratischen Fraktion des Paslamer Gemeinderates ist, und sie sagte ja.

Die Band spielte gerade etwas Langsameres, und zwar *I'm not in love*, und die Jutta schmiss sich gleich an mich heran als wolle sie den Titel des Liedes Lügen strafen. Na, aber ich muss sagen, es hat mir gut gefallen, weil ich so aus der Nähe feststellte, dass die Jutta eigentlich doch noch ganz fesch war für Ü40.

Aus den Augenwinkeln heraus sah ich dann meine Marie mit dem Halbwilden tanzen und ich muss sagen, es hatte mehr etwas von einer Paarung im Tierreich als von einem Tanz an sich. Ich hab dann, als das Lied vorbei war, mich bei der Jutta bedankt und gesagt, ich müsse kurz mit der Marie sprechen, und es sei etwas wegen unseres Sohnes, und die Jutta lachte und sagte, ja, die Herren Söhne, irgendwas sei immer, und sie hätte gerade unseren Ludwig an der Theke stehen sehen und er machte schon einen recht erwachsenen Eindruck.

Das verstand ich nicht, und es war mir auch egal, und dann hab ich der Marie zugeflüstert, ob sie mich vor all meinen Freunden blamieren wollte, indem sie sich mit dem größten Rabauken aus Miesbach abgibt, und sie keifte: Von wegen Rabauke!, und dass der Floyd Literaturwissenschaft und Germanistik studiert und übern Liliencron promoviert und einen Magister hätte, was mich nicht sonderlich beeindruckte.

Die Marie war im Redefluss nicht zu bremsen und sagte, ich sei ja ein rechter Langeweiler, der das Maul nicht aufkriegt und lieber mit seinen feinen Freunden saufen täte als sich mit ihr zu unterhalten, womit sie so unrecht nicht hatte, was ich ihr aber nicht zugab, auch weil es an diesem Abend nicht zutraf, weil ich noch nicht recht zum Saufen und Reden mit meinen Freunden gekommen war.

Und über ihre Schulter hinweg sah ich den Ferdl und den Berti und den Ignaz, die einen Spaß daran hatten, zu sehen und trotz der lauten Musik zu hören, wie die Marie mich ins Gebet nahm.

Und dann war der Herr Rockerpräsident wieder da und fragte die Marie, ob alles in Ordnung sei, und sie sagte ja, und er, der Floyd möge sie doch bitte zu einem Glas Sekt einladen und ihr noch etwas übern Liliencron erzählen, und dann fragte sie ihn noch, ob er mit ihr eine Runde auf dem Motorrad fahren würde, und der Floyd tat sich dicke und sagte, quite sure, Baby, und ich hätte ihm gerne seine Nase gebrochen, was ich aber unterließ, weil seine Oberarme kräftiger als wie meine Oberschenkel waren.

Dann schoben die beiden ab und ließen mich stehen wie einen begossenen Dackel. Und damit nicht genug, stand nun die Corinna auf einmal da und sagte, ja, und dem Ludwig wär ein wenig schlecht geworden, weil er hätte das Wettsaufen gegen den Zirlgruber Andi wohl knapp verloren, und sie könnt sich nun nicht mehr länger um ihn kümmern, weil sie nach Hause müsste, da es schon recht spät sei und sie am nächsten Tag früh zu einer Veranstaltung verreisen musste.

Na, ich hab mich dann bei ihr bedankt und hab dann den Ludwig gesucht und ihn auch an der Theke gefunden, wo er sich nur noch schwerlich aufrecht halten konnte. Weil ich auch schon einmal jung und besoffen gewesen bin, wusste ich, dass es keinen Zweck hatte, ihm in diesem Zustand Vorhaltungen zu machen, und so habe ich nur gesagt, komm Ludwig, und wir gehen jetzt heim, ich bring dich ins Bett. Und er hat sich auch brav bei mir eingehakt und ist mir gefolgt. Und unterwegs hat er mir zwischen dem Speien versprochen, dass er nie wieder keinen Alkohol nicht trinken würde und den Andi Zirlgruber nie wieder sehen wolle, und aus Erfahrung wusste ich, dass der Ludwig mit dem Andi spätestens zwei Tage später einige Weiße trinken und über den gelungenen Abend bei der U30-Party sprechen würde.

Und als wir dann zuhause waren und ich dem Ludwig ins Bett half und ihm noch einen Eimer hinstellte, sagte er, dass er nun die Schule und das Abitur hinschmeißen und Rockerpräsident werden würde, so wie der Floyd, mit dem er einiges an der Theke getrunken hätte. Und ich sagte, dass solle er, der Ludwig, sich noch recht überlegen, weil um Rockerpräsident zu werden, so wie der Floyd, müsste der Ludwig dann auch Germanistik und Literaturwissenschaft studieren und einen Magister oder gar Doktor machen, aber da war der Ludwig schon eingeschlafen, und ich bin zurück zur Ü30-Party.

Wie ich zurück kam, fand ich die Marie mit dem promovierten Türsteher an der Theke stehen und sie war schon recht heiter und hat gelacht und mir neckisch zugewunken, und ich hab sie einfach ignoriert und mir vorgenommen, nun endlich auch etwas zu trinken, und gar nicht so wenig, weil ich bisher an diesem Abend überhaupt noch nix gehabt hatte. Und wie ich an meinen Tisch komme - die Stimmung im Saal kochte geradezu und die *Sweety Glitter* spielten *Born to be wild,* stürzten die *Brave Bavarians* auf die Tanzfläche und hüpften darauf herum, dass es aussah wie nach einer Bürgermeisterwahl im Urwald. Der Wimmerl und die Anni hielten auch mit und hatten schon schweißgerötete Gesichter und tanzten eine Art Foxtrott, und mittendrin nun auch meine Marie, gleichsam über die Tanzfläche schwebend und jede Zeile des Liedes laut mitsingend - und ich stellte fest, dass mein Berti und der Ferdl schon schwer geladen hatten.
Der Ignaz war am Tisch sitzend eingeschlafen, die Kati war gegangen und der Gschwendtner auch. Nur die Jutta war noch da und strahlte mich an und fragte, wo ich gewesen sei, und ich merkte wohl, dass sie schon eine etwas schwere Zunge hatte, und ich erzählte es ihr, und dann bestellte ich für sie ein Glas Rotwein und für mich ein Weißbier, und es sagte die Jutta, dass sie mich recht nett fände, und ich sagte, ja, Jutta, ich fand dich auch schon immer sehr nett, und sie fragte, ob ich noch mal mit ihr tanzen würde, und ich sagte, ja sicher, warum nicht, denn ich sah, dass die Marie schon wieder mit dem Präsidenten und seinem Volk an der Theke stand.

Und dann spielten die *Sweety Glitter* mein Lieblingsstück vom Clapton, nämlich *Wonderful tonight,* und die Jutta klammerte sich an mich, dass es mir recht warm wurde, und sie flüsterte mir

Sachen ins Ohr, die ich jetzt nicht wiedergeben möchte, und dann spürte ich plötzlich eine zweite Zunge in meinem Mund, und es schmeckte nicht so übel, und dann griff die Jutta meine rechte Hand und legte sie auf ihre linke Brust, und das fühlte sich sehr gut an.

Und dann tippte mir jemand auf die Schulter und entschuldigte sich dafür, und ich ließ von der Jutta ab und drehte mich um, und da war es der Floyd und er sagte, es sei der Marie nicht recht gut, und ich solle mal nach ihr sehen, denn er müsse jetzt zurück nach München, weil er ab 2 Uhr Dienst im P1 hätte.

Ja, und dann hab ich mich notgedrungen von der Jutta und dem Berti und dem Ferdl verabschiedet, meine Marie gegriffen und mich mit ihr auf den Heimweg begeben.
Zwischen dem Speien hat mir die Marie dann versprochen, nie wieder eine Party zu besuchen, weil's da doch immer recht fad ist und die Leute alle sehr dumm seien. Und das hat mich zwar einerseits gefreut und dann doch wiederum nicht. Und ich nahm mir vor, mich bei nächster Gelegenheit am Infostand der SPD in Paslam mit der Jutta Gschwendtner einmal über ihre politischen Ziele zu unterhalten, ganz unverbindlich.

Wie ich einmal die Uschi Glas geküsst habe

Ja, das war 1970. Den Monat und Tag weiß ich nicht mehr genau. Aber es war an jenem Tag, als die *Bravo* mit dem letzen Teil des Uschi-Glas-Starschnittes darin erschien, den ich, kaum dass ich das Heft in Händen hielt, ausschnitt und nun endlich zusammen mit den anderen Teilen auf eine dünne Pappe klebte und diese dann an der Schräge über meinem Bett anbrachte.

Ich war 12 und unsterblich in Uschi Glas verliebt, seitdem ich sie als Apanatschi im Winnetou im Kino in Miesbach gesehen hatte, und darum, also weil ich so verliebt in sie war, und mich der gewaltige Altersunterschied zwischen uns nicht im Geringsten störte, hab ich sie, als ihr Starschnitt an der schrägen Wand meines Jugendzimmers prangte, geküsst. Auf den Mund.

Ja, so war das.

So. Jetzt werden Sie sagen - ich kann es förmlich hören!: Der Erzähler, dieser Hallodri, dieser ausgeschämte, hat da einen schönen Fez mit mir getrieben, indem dass er eine sensationelle Geschichte mit Starbesetzung ankündigt, für die selbst die Zeitung mit den großen lauten Buchstaben ein schönes Geld bezahlen täte, wenn er's ihr verkaufen würde, der Zeitung, was er, der Erzähler, also ich, aber niemals nicht tun würde, das können Sie mir ruhig glauben.

Aber zum Kern Ihrer Vorwürfe, liebe Leserinnen und Leser, muss ich leider sagen, ja, so ganz Unrecht haben Sie nicht.

Ich hab schon einen kleinen Scherz machen wollen. Und ich hab mir auch gedacht, wenn ich Ihnen eine Geschichte mit der Uschi Glas, die ja eine der berühmtesten bayrischen Schauspielerinnen überhaupt ist, und die - dessen bin ich sicher! - gewiss schon einmal durch Paslam hindurch oder zumindest ganz knapp daran vorbei gefahren ist, also wenn ich Ihnen eine solche Geschichte präsentiere, und die vielleicht sogar irgendwann mal in einem Bücherl steht, also, dass eine Geschichte mit einem dermaßen reißerischen und enthüllungsjournalistischen Titel den Voyeur in jedem potentiellen Leser weckt und ihn zugreifen lässt.

Dafür bitte ich Sie vielmals um Entschuldigung.

So. Aber da Sie nun schon so weit gelesen haben, könnte ich Ihnen erzählen, wie mir das bewusste Bild von der Uschi Glas Jahre - nein: Jahrzehnte! - später bei einer kleinen nebenehelichen Liaison hilfreich gewesen ist.

Und das war so:

Es war die Marie wieder einmal am Wochenende zum Ayurveda in Tölz, und ich hatte somit wieder ein freies Wochenende für mich, das damit begann, dass ich am Samstag ausgeschlafen und in Ruhe gefrühstückt und dann in aller Ruhe die dicke Samstagsausgabe vom Paslamer Boten gelesen und sogar das Kreuzworträtsel gelöst habe. Aber so beginnen Sie Ihre Wochenenden vermutlich auch, und darum ist es nicht spannend und ich führe es nun nicht weiter aus.

Für den frühen Abend hatte ich mich, wie an jedem freien Ayurvedawochenende, mit dem Berti verabredet - also, dass er zu mir kommt und wir ein Bier trinken und eine Gemütlichkeit und ein gutes Gespräch haben, und vielleicht auf B3 einen alten Tatort mit dem Veigl schauen, was ihn sehr gefreut hat, den Berti, war er doch an den Wochenenden immer manchmal ein wenig einsam, wenn seine Spezerln - deren bester ich immer war und es auch noch über den Tod hinaus bin, denn der Tod ist nicht das Ende, wie der Wimmerl immer so richtig sagt - daheim bei ihren Familien saßen und zum Beispiel den Gottschalk schauten, während er sich mit seiner Katze Sibylle unterhielt, der Berti.

Für jenen Samstag hatte ich mir vorgenommen und es auch der Marie versprochen, bevor sie am Morgen auf nüchternen Magen nach Tölz gefahren ist, um dort dann eine Tasse heißes Wasser mit ein paar Ingwerschnitzeln darinnen zum Frühstück zu nehmen, endlich einmal gründlich aufzuräumen - im Keller, in meinem Arbeitszimmer und überhaupt. Dass ich aber statt einer Ordnung ins Haus eine gewisse Unordnung in mein Leben bringen würde, konnte ich da noch nicht ahnen.
Und als ich mir nach dem üppigen Frühstück den Keller vornahm, ihn aufzuräumen, begann ich mit dem alten großen Kunstlederkoffer, der schon ewig unter dem Regal lag und von dem ich gar nicht mehr wusste, was darinnen ist.

So wühlte ich in dem alten Koffer herum und fand neben meiner Fibel, einigen Schreib- und Rechenheften aus meiner frühen Schulzeit, einem guten Dutzend älterer Micky-Maus-Hefte, zahlreicher

Siku-Autos und Murmeln auch mein Poesiealbum, in dem sich neben meinen Großeltern, Eltern, diversen Onkeln und Tanten und Lehrern und Schulfreunden auch der Gschwendtner Josef verewigt hatte:

In diesem Bücherl will er dir
sagen: Bleib bloß fort von mir!
Weil wenn du ihm zu nahe bist
kann's sein, dass er ans Bein dir pisst!

Und ich erinnerte mich, dass der Gschwendtner, der Mistfink, den ich schon damals nicht habe leiden können, weil er eine ordinäre Drecksau war, was in der logischen Folge dazu führte, dass er später Journalist geworden ist, dass also damals der Gschwendtner mein Poesiealbum von der Annamirl Rösner entwendet hatte, die mir, wie alle anderen Mitschüler außer dem Gschwendtner, den ich nicht darinnen haben wollte, ein paar nette Zeilen hineinschreiben sollte.

Ja, und dann waren in dem Koffer noch ein alter Katalog vom Märklin, ein paar zerlumpte Bravo-Hefte, und, ganz am Boden unter den anderen Dingen vergraben, der zusammengefaltete Starschnitt von der Uschi Glas. Und grad, wie ich ihn entfaltet hatte, den Starschnitt, höre ich es oben an der Haustür läuten, und ich laufe die Kellertreppe hinauf hin zur Tür, und wie ich sie öffne, die Haustür, steht die Jutta davor, dem Gschwendtner seine Frau, die ich nie so recht hab leiden können, bis zur Ü30-Party in Paslam, von der ich Ihnen schon berichtet habe.

Es war ja schon eine ganze Weile vergangen, seit Jutta und ich uns bei der Ü30-Party vom Fröschl näher gekommen waren, und ich hatte diese kleine Episode, die ganz ohne Folge blieb, schon ein bisschen vergessen. Und auch den Infostand der SPD in der

118

Paslamer City habe ich niemals aufgesucht habe, wie ich es seinerzeit für einen Moment in Erwägung gezogen hatte, weil ja sowieso der Josef dabei gewesen wäre. Ich hatte die Jutta also schon fast völlig vergessen, aber eben doch nie so ganz.

Und ich war sehr überrascht und freute mich aber und zeigte es auch und sagte, ja, Jutta, du hier, und dass ich grad ein kleines frühes dichterisches Werk ihres Josefs gelesen hätte, was doch ein Wahnsinnszufall sei, und sie solle nur hereinkommen. Und das tat sie auch, die Jutta, die an dem Tag nicht so arg aufgebrezelt war wie bei der U30-Party und doch schon ein wenig angejahrt und faltig ausschaute, was mich aber nicht störte, weil es ihr eine gewisse attraktive Reife verlieh. Und es bedankte sich die Jutta und sagte, ja, gerne käme sie herein, hätte aber nicht viel Zeit und wolle ohnehin nur meine Marie fragen, ob die nicht Interesse hätte, bei ihrer geplanten frauensozialpolitischen Aktion „Paslamer Frauen unterstützen Paslamer Frauen", kurz PFuPF, was ein Forum für die Frauen Paslams sein sollte, mitwirken wolle. Und ich sagte zur Jutta, dass die Marie gar nicht daheim sondern in Tölz zum Ayurveda sei, aber bestimmt ein Interesse an der Aktion hätte, weil sie, die Marie, aus jedem Ayurvedawochenende mit einem, wie sie es immer häufiger formulierte, neuen Bewusstsein heim käme und dass sie spüre, dass etwas in ihr wachse. Und wenn ich dann scherzhaft sagte, na, das wäre doch wohl hoffentlich kein kleiner Willi oder eine kleine Dora, was da in ihr wachsen täte, fand es die Marie überhaupt nicht lustig und sagte, ich würde sie nicht verstehen.

Ja, und dann sagte die Jutta, die mittlerweile auf dem Sofa Platz genommen hatte, es sei eine Crux, dass Männer und Frauen einander immer öfter weniger zum Sagen hätten und sich nicht mehr verstünden, und ich sagte, ja, da hast du wohl recht, Jutta, und fragte, ob ich ihr ein Erfrischungsgetränk anbieten dürfe, und sie sagte, ja, ein Gläschen Sekt könne nicht schaden.

Ich schenkte uns dann vom Rotkäppchen ein, das schon geraume Zeit im Kühlschrank gelegen hatte, weil die Marie seit einiger Zeit keinen Alkohol sondern nur noch Mate oder Roibusch oder heißes Wasser mit Ingwerschnitzeln darin trank, und ich einen Sekt eigentlich gar nicht mag, und nahm neben der Jutta Platz, und wir prosteten uns zu, und ich sagte fatalerweise, dass sie heute recht gut aussehen täte, und sie fragte ganz entrüstet, warum denn nur heute, und dann haben wir gelacht und wieder angestoßen, und ich hab's aber doch gemerkt, dass es ihr gefallen hat, mein originelles Kompliment.

Und dann führte die Jutta ihre Ausführungen fort über die Sprachlosigkeit und die Verständigungsschwierigkeiten zwischen Männern und Frauen, gerade in langjährigen Verbindungen, von denen sie auch ein Lied, und zwar ein nicht sehr fröhliches, singen könne, was mich überhaupt nicht interessierte. Trotzdem gab ich aber ein Interesse an ihren Theorien vor, um sie nicht zu kränken.

Während ich mittlerweile den Rest aus der Rotkäppchenflasche in unsere Gläser verteilte, referierte Jutta über das Unvermögen der Männer, die Angst ihrer Frauen vorm Alter zu verstehen, was dann zum Beispiel dazu führen würde, das manche Frauen sich in Aktivitäten wie Ayurveda oder Feng-Shui flüchteten, und ich sagte, ah ja, so hätte ich das noch nie gesehen, und dass ich nun eine weitere Flasche vom Rotkäppchen aufmachen und uns ein paar Salzstangen holen und eine Musik machen täte.
Und als ich zurück kam, sagte die Jutta, sie zum Beispiel spüre einen nahezu krankhaften Drang, immer wieder neue Haut- und Gesichtscremes auszuprobieren, um dem Altern Einhalt zu gebie-

ten und ihrem Manne zu gefallen, der das aber alles scheinbar gar nicht zu bemerken scheine, und sie sei doch tatsächlich kürzlich in einem Shoppingsender im Fernsehen auf eine Creme aufmerksam geworden, die von der Uschi Glas wäre, die Creme, und ob ich überhaupt wisse, wer Uschi Glas sei. Und dann bin ich aus allen Wolken gefallen.

Wahnsinn!, das war alles, was ich zunächst sagen konnte, und erzählte der Jutta dann vom Starschnitt, den ich gerade eine knappe Stunde zuvor im Keller wiederentdeckt hätte, über 30 Jahre, nachdem ich ihn an die Wand über meinem Bett geklebt und die Uschi Glas dann geküsst hätte.
Und es lachte die Jutta und sagte, na, ich sei ja ein rechter Schwerenöter und Frauenverführer, der es wohl faustdick hinter den Ohren hätte und sogar schon so eine prominente Frau wie die Uschi Glas betört hätte, und sie legte mir die Hand auf den Oberschenkel und ließ sie da liegen, was zwar eigenartig aber nicht unangenehm war.
Darum wartete ich noch einige Momente, die wir schweigend und uns ansehend verbrachten, bevor ich sagte, ich werde mal in den Keller gehen und den Starschnitt hoch holen und ihn ihr zeigen, damit sie, die Jutta, nicht glauben würde, ich sei ein Baggerfahrer, ein ganz windiger, der die eigenartigsten Ideen hätte, um auch sie zu betören, und dann haben wir beide herzhaft gelacht, mit einem tiefen Schluck unsere Sektgläser ausgetrunken, und dann bin ich in den Keller hinunter und die Jutta ist mir nach.

Wie wir unten ankamen, habe ich dann den Starschnitt wieder auseinandergefaltet und ihn hochgehalten und gesagt, schau Jutta, das ist sie, die Uschi, in die ich damals so verliebt gewesen bin. Und die Jutta sagte, dass sie die Uschi beneiden tät, dass die von so einem feschen Mannsbild begehrt wurde, und ich überlegte, ob ich damals als Zwölfjähriger die Uschi begehrt hatte, mehr noch - ob ich als Zwölfjähriger überhaupt wusste, was „begehren" ist.

Vorsichtshalber sagte ich aber nur, ja mei, und es war ja eine eher einseitige Angelegenheit, die Liebe zwischen der Uschi und mir, und die Jutta sagte, das sei dann aber eine traurige Liebe gewesen, weil eine Liebe doch erst richtig schön sei, wenn zwei daran beteiligt wären, und ich sagte, ja - mindestens!, und dann kam mir die Jutta so nahe wie bei der U30-Party und meinte, ich könne nun das Bild mit der Uschi Glas fallen lassen, das sei doch Schnee von gestern, und sie könne mir einiges versprechen, was die Uschi mir bestimmt nie gegeben hätte.

Ja, und grad, wie die Jutta mich küssen wollte, oder ich sie, ich weiß es nicht mehr genau, da klingelte es oben an der Haustür, was mich schon ein wenig ärgerte, ich geb's zu.

Ich sagte zur Jutta, warte hier, und ich käme gleich wieder, vermutlich wären es nur Freunde vom Ludwig oder dem Liesl und wollten spielen, was aber nicht ging, weil der Ludwig schon am Freitag mit der Corinna, was seine Freundin war, und deren Eltern nach Rosenheim zu einer Verwandtschaft gefahren waren, und das Liesl das ganze Wochenende bei ihrer Freundin Patricia verbrachte, weil ihr mit mir alleine immer so fad wäre.

Ja, und wie ich die Haustür öffne, war's der Berti.

Ja, Berti - sagte ich, was machst du denn schon hier?, und da sah ich erst, dass der Berti ein Kisterl vom Hopf dabei hatte, mit dem er auch schon an mir vorbei zielstrebig auf die Küche und den Kühlschrank zuging. Er hätte sich gedacht, er könnte schon ein wenig früher kommen und mir beim Aufräumen behilflich sein, meinte der Berti dann, weil ich ihm erzählt hatte, dass ich am Wochenende aufräumen und ausmisten wollte.

Ja, und dann stand auf einmal auch die Jutta in der Küche und sagte „Grüß dich, Berti!", und der Berti, der die Jutta noch viel

122

weniger leiden konnte als wie ich vor der U30-Party, gab nur einen Grunzlaut von sich, der erkennen ließ, dass er keine allzu große Lust verspürte, sich mit ihr zu unterhalten.

Und ich sagte, das ist die Jutta, Berti, du kennst sie doch, und denk dir nur, sie will hier in Paslam ein Frauenforum für Frauen gründen, nämlich das PFuPF, und der Berti grunzte wieder.

Na, dann sagte die Jutta „Servus, Berti", und der Berti grunzte. und ich sagte, wart' Jutta, ich bring dich noch zur Tür, worauf sie entgegnete, nein, das sei nicht nötig, und sie fände den Weg schon alleine, und sie bedankte sich für den Sekt und die gute Unterhaltung und ich ging aber doch mit, und an der Tür - der Berti, wir konnten es hören, räumte bereits das Bier in den Kühlschrank - drückte sie mir noch einen Kuss auf die Wange, und dann war sie fort.

Der Berti zeigte sich dann sehr erleichtert, dass die alte Spinatwachtel, wie er sie nannte, gegangen sei, und wollte gar nichts davon hören, dass ich sagte, mei Berti, die Jutta hat's auch nicht leicht im Leben, so viele politische Ämter und dann einen Gatten, der ihr nie recht zuhört, wenn sie ihm etwas erzählt.

Um von der Jutta abzulenken, fragte ich ihn dann, ob er den Film vom Winnetou und dem Halbblut Apanatschi kennen täte, und der Berti sagte, nein, den kenne er nicht und einen Western, zudem wenn es ein amerikanischer sei, täte er sowieso nie schauen, weil Western, jedenfalls die amerikanischen, ein großer Schmarrn sind und ganz Hollywood sowieso ein riesiges Lügengebilde sei.

Und da wurde mir wieder einmal klar, was für ein Philosoph - ja, geradezu ein Weiser! - mein Berti doch gewesen ist!

Berti und ich haben allerdings im weiteren Verlauf jenes Samstags nicht allzu viel aufgeräumt, um es vorsichtig zu formulieren. Das hielt mir die Marie, als sie am Sonntagnachmittag vom Ayurveda zurückkam, doch recht unverhohlen vor, nachdem sie es bemerkt hatte. Noch an dem Abend hab ich dann den Starschnitt in meinem Arbeitszimmer aufgehängt, so dass ich die Uschi Glas immer anschaue, und sie mich, wenn ich von meinem Schreibtisch aufblicke. Und wenige Tage darauf bestellt ich mir dann die Videocassette - eine DVD gab es noch nicht - vom Winnetou und dem Halbblut Uschi Glas. Aber das habe ich dem Berti nie erzählt.

Wie der PFuPF gegründet wurde

Es begann damit, dass die Marie mir unbedingt ein paar, also gleich mehrere, neue Unterhosen kaufen wollte, und zwar solche, wie sie modern waren, also bunt und eng, und dass sie darüber hinaus verlangte, dass ich meine alten Unterhosen allesamt wegwerfen solle, und zwar in den Restmüll und nicht in die Altkleiderboxen hinterm Rathaus.

Ich hab sie dann zur Rede gestellt, die Marie, und gesagt, ja, und dass meine Unterhosen doch erst wenige Jahre alt und kaum verbraucht und zudem sehr bequem seien. Und die Marie sagte, na, das sei wieder einmal typisch für mich als Mann, und dass ihr andere Frauen ähnliches berichtet hätten, und dass wir Männer zwar oft und gerne auf unsere Gemütlichkeit aber nicht auf das ästhetische Empfinden unserer Gattinnen Rücksicht nähmen, und ob ich überhaupt auch nur annähernd eine Ahnung hätte, wie schrecklich ich in meinen Doppelrippunterhosen mit Eingriff vom Typ „Walter" oder „Karl-Heinz" aussähe - wie mein eigener Großvater nämlich, und ich sagte, na, mir gefallen sie, und es drücke und zwicke in ihnen rein gar nichts.

Und um das leidige Thema zu wechseln, habe ich dann der Marie fatalerweise vom Besuch der Jutta berichtet, aber nicht davon, wie mir die Jutta im Angesicht von Uschi Glas recht nahe gekommen war, und von dem PfuPF, was die Jutta gründen wollte, habe ich erzählt, und dann war die Marie gleich ganz begeistert und hat gesagt, ja, das sei es, was sie und andere Frauen in Paslam dringend brauchen würden, weil ihre Männer sie einfach nicht verstünden, und es wäre, als würde man sich mit dem Briefkasten unterhalten oder der Mikrowelle, wenn sie mit mir spräche, und ich wäre überhaupt immerzu nur darauf bedacht, eine Ruhe zu haben, und dieses typisch ehemännliche Verhalten wäre das erste, was sie gleich beim ersten PfuPF-Treffen thematisieren wollte, und mit anderen Frauen über deren einschlägige Erfahrungen sprechen.

Ich hab zunächst nichts gesagt, weil es mir ziemlich wurst war, was die Marie beim PFuPF thematisieren würde, erkannte dann allerdings eine große Chance im PFuPF, weil nämlich ich und andere Paslamer Männer durch die damit unvermeidlich zusammenhängenden Treffen der Frauen eine Gelegenheit bekamen, hin und wieder eine Ruhe vor ihnen zu haben, und hab der Marie wortlos beigepflichtet. Und dann hat sie gleich die Jutta Gschwendtner angerufen und gesagt, ja, und dass ich ihr vom PFuPF erzählt hätte, den wo sie gründen wollte, die Jutta, und dass sie, meine Marie nämlich, unbedingt und sofort dabei sei.

Ja, und dann war er da, der erste Abend, an dem sich die Frauen trafen, und es geschah bezeichnenderweise im „Jagdstübchen" vom Ochsen, wo sich eine ganze Schar von Paslamer Damen traf. Und sie alle schimpften, das hat mir dann am nächsten Tag der Gschwendtner erzählt, weil die Marie hat an jenem Abend, als sie heimkam, nicht mit mir gesprochen und nur gesagt, wir Männer sollten uns nur recht warm anziehen, und es wehte jetzt ein anderer Wind durch Paslam, und da hatte ich auch keine große Lust, Näheres zu erfahren, weil Veränderungen, die von Frauen initiiert werden, bekanntlich meistens immer ein gewisses Ungemach mit sich bringen und an den Grundfesten männlicher Interessen rühren.

Und zwar schimpften die Frauen, so der Gschwendtner, auf uns Männer. Zum Beispiel darauf, dass das Amt des Paslamer Bürgermeisters immer schon von einem Mann bekleidet wurde, und dass es nun Zeit für eine erste Bürgermeisterin wäre, und die Filbinger Leni, was die Frau vom amtierenden Bürgermeister ist, hat auch gleich ihre Kandidatur für die nächste Wahl angekündigt.

Und dass es bei der Lokomotive Paslam keine Abteilung für Damenfußball gäbe, wurde angeprangert, und es wurde sofort beschlossen, eine Damenfußballsparte zu gründen, und dass die Mannschaft eine Frauschaft sein sollte, wurde auch gleich mitbeschlossen.

Ja, und vor allem, dass sie es Leid wären, auf Plakaten, an Litfaßsäulen und auf Werbeflächen immer nur leicht oder fast gar nicht bekleidete junge Frauen zu sehen, prangerten sie an, die Paslamer Frauen, die sich nun gegenseitig selbst unterstützen wollten, und dass diesen sexistischen Tendenzen unbedingt Einhalt geboten werden müsse, wurde gesagt. Und das war es dann wohl, was den Funken bei den Damen zum Überlaufen gebracht hat, und sie haben an jenem Abend beschlossen, gegen jede Form von Sexismus anzugehen.

Und das waren dann die Eckpunkte, die beim ersten Treffen vom PFuPF gewissermaßen festgemeißelt wurden. Gleichzeitig haben die Damen aber noch beschlossen, dass wir Männer, da die Frauen wegen ihrer Arbeit im PFuPF nun weniger Zeit für Hausarbeit und Kindererziehung hätten, diese Löcher gewissermaßen stopfen und uns in Haushalt und Erziehung mehr und überhaupt engagieren müssten, und dass sie es nun nicht mehr länger hinnehmen wollten, die Frauen, wie wir Männer uns manchmal immer verhalten, und dass sie sich überhaupt und jederzeit und gegenseitig unterstützen wollten, wenn eine Frau in Not sei und Hilfe bedürfe.

Ausgerechnet mein Berti hat dann, als wir uns beim Stammtisch über die Frauen und ihre Aufbruchstimmung beklagten, gesagt, ja, und er könne das schon verstehen, weil er sei ja gewissermaßen seine eigene Hausfrau und müsse alles selber machen, und er wäre schon sehr dafür, dass die Arbeiten gerecht verteilt würden, auch wenn er wenig davon hätte, und außerdem sei es manchmal schon recht einsam, wenn man niemanden zum Sprechen hätte, und er könne unsere Frauen schon irgendwie verstehen, dass sie verzweifeln, wenn wir uns nicht mit ihnen unterhalten täten. Und da wäre es beinahe zum Streit gekommen, zwischen dem Berti und uns, ist es dann aber nicht, weil wir sofort auch gleich noch das Thema „Sexismus in Paslam" diskutierten, das ja am Vorabend beim Gründungstreffen des PFuPF auf den Tisch gebracht wurde, und ich sagte, und die Spezerln gaben mir uneingeschränkt recht, dass die von unseren Frauen angeprangerten Werbeplakate ja gar kein Sexismus, sondern eher abschreckend seien, weil die Frauen darauf aussehen, als würden sie bald den Hungertod sterben, so dass kein Mann sich diese Werbung überhaupt richtig anschauen täte, jedenfalls kein Paslamer Mann.

Und dann hat der Berti nämlich gesagt, und deswegen hat man ihm dann ja sein Solidarität mit den Frauen verziehen, dass wir ja den Paslamer Frauen, wenn sie denn kein blankes Frauenfleisch mehr sehen wollen, ein blankes Männerfleisch geben könnten, und das haben wir zunächst gar nicht verstanden. Und dann hat der Berti recht weit ausgeholt und uns erzählt, was er vor einigen Tagen im Fernsehen gesehen hätte.

Es hatte nämlich mein Berti zufällig einen englischen Spielfilm gesehen. „Zufällig" deswegen, weil er im Fernsehen herumgezappt hatte, und dann an dem englischen Film kleben geblieben war, obwohl er sonst grundsätzlich niemals keinen englischen Film nicht anschauen tut, weil bekanntlich, wie der Berti ausführte, von allen europäischen Filmen die englischen nach den US-amerikanischen und vor den französischen die schlechtesten Filme überhaupt seien.

So, jetzt muss ich einmal kurz den Bericht über die PFuPF-Gründung und deren Folgen unterbrechen, und den Berti, der ja schon nicht mehr unter uns weilt, vor Ihrem vorschnellen Urteil, das Sie aus Unwissenheit gefällt haben werden, in Schutz nehmen, weil der Berti nämlich ganz bestimmt nicht so dumm war, nicht zu wissen, dass die USA nicht zu Europa gehören.

Aber es verhielt sich so, dass der Berti, der ja ein umfangreiches Wissen über alles Mögliche hatte, das er sich im Ersten und Zweiten Programm und beim Bayern 3 angeeignet hat, weil, mehr Sender hat er ja nie hereinbekommen mit seiner Zimmerantenne, und hat sie auch alle gar nie haben wollen, die ganzen Schmutzsender, wie er sie genannt hat, und die ich ja auch nie habe haben wollen, aber eben meine Marie sehr wohl doch, und die Kinder, also der Ludwig und das Liesl, auch, und da musste ich mich fügen, was dem Berti ja erspart geblieben ist, weil er nie verheiratet war, und nun verliere ich den Faden, wenn ich nicht aufpasse.

Also es wusste der Berti sehr wohl um die Geschichte der USA. Dass nämlich dort ursprünglich nur Indianer gelebt haben, und das recht gut. Dann allerdings seien aus allen europäischen Ländern, also aus England und Frankreich und Deutschland und Österreich, um nur diese zu nennen, Menschen nach Amerika ausgewandert, und hätten es besiedelt, und daher wären die USA im Grunde genommen ein europäisches Land, hat der Berti gemeint, und zwar aber ein übles europäisches Land. Weil nämlich die, wo von Europa dahin ausgewandert sind, hier nichts werden konnten oder wollten, weil sie zu dumm oder zu faul oder beides waren, oder weil sie gleich einen Dreck am Stecken hatten. Ja, und dieser europäische Bodensatz habe dann in Amerika erst mal fast alle Indianer abgeschlachtet und somit dem Land die einzige Kultur genommen, die es jemals hatte, und dann haben sie, weil sie zum Arbeiten zu faul oder zu dumm oder beides waren, aus Afrika die Neger geklaut und haben die für sich arbeiten lassen. Und aus den toten Indianern und den versklavten Negern und den faulen und hier verschmähten Europäern seien dann, so der Berti, die USA entstanden.

Also, in dem Film, den mein Berti gesehen hatte, ging es um einige Männer, die aus pekuniären Gründen, weil sie nämlich arbeitslos sind, auf die Idee kommen, einen Männerstriptease aufzuführen und dafür Eintritt zu verlangen, und das klappt am Ende des Films auch, und sie verdienen ein schönes Geld dabei. Nun haben wir in Paslam und überhaupt in Bayern so gut wie fast gar keine Arbeitslosen, weil wir eben seit Jahrzehnten eine richtige Regierung haben und keine Tories oder gar eine Labour Partei. Aber, so der Berti, wir hätten Frauen, die keine nackte Frauenhaut mehr sehen wollten. Also sollten wir ihnen doch nackte Männerhaut geben.

Und ich habe gesagt, ja, Berti, und glaubst du wirklich, habe ich ihn gefragt, dass ich mich zum Affen machen und nackt auf einer Bühne herumtanzen würde? Und der Sturzhammer Ferdl, der so für sich am Nebentisch gesessen und unserer teilweise sehr erregten Diskussion schweigend und Bier trinkend zugesehen hatte, sagte sogar, ja, und dass er sogar einige Euro zahlen täte dafür, um einige von uns einmal nackt sehen zu können. Und ich habe aber gesagt, es ginge ja gar nicht um Geld, sondern um die Moral, und dass ich keine Scheu hätte, mich entblößt zu zeigen, dass ich es aber ablehnte, mich zum Sexualsymbol zu machen, und das wäre dann ja auch eine Form von Sexismus und daher von vornherein abzulehnen, so ehrenwert des Bertis Vorschlag auch sei, und damit war die Sache für mich und die Spezerln vom Tisch.

Wie es so geht - die Gründung des PFuPF schlug also zunächst hohe Wellen und ließ uns Paslamer Männer, um es einmal metaphorisch darzustellen, gleich gereizten Hunden bellen - aber dann zog die Karawane doch weiter und ließ eine relativ friedreiche Oase zurück.

Der Filbinger Schorsch nämlich, der ein ganz großes Schlitzohr und geradezu ein Hundling, ein ganz verreckter, ist, hat, als er Wind von der Absicht seiner Frau und den geplanten Umtrieben des PFuPF bekam, gleich bei der nächsten Gemeinderatssitzung verkündet, ja, und er sei immer schon ein Mann gewesen, der sehr wohl ein Interesse an den Interessen der Frauen hätte, und dass es nun an der Zeit sei, dem Rechnung zu tragen, und dass er, der Schorsch, der Meinung sei, die Paslamer Politik bräuchte einen Frauenbeauftragten, und dass er, der zu erwartenden Mehrbelastung zum Trotze, bereit sei, diese arbeitsreiche Tätigkeit zusätzlich zu der großen Bürde des Bürgermeisteramtes auf sich zu nehmen. Und dann wurde auch gleich abgestimmt und der Schorsch zum Paslamer Frauenbeauftragten gewählt, und er beschloss und verkündete sofort und hat's dann auch gleich nach der Sitzung in die Tat umgesetzt, die sexistischen und widerwärtigen Werbeplakate vom H&M an der Litfaßsäule vorm Rathaus und am Bushaltestellenhäuserl zu entfernen, und zwar - um ein Zeichen wider den Sexismus zu setzen! - höchstpersönlich, und hatte somit seiner Leni gewissermaßen im Handstreich die Margarine aufs Brot geschmiert.

Bald nach dem turbulenten Gründungsabend des PFuPF nahm dann auch die „Frauschaft Lokomotive - Offensive Paslamerinnen" - selbstbewusst abgekürzt „FLOP" - den Trainingsbetrieb auf.
Als Trainer konnten sie den Stiegmayer Rudi gewinnen, der einen Damensalon in Agatharied betreibt und vom Fußball nicht all zu viel, dafür aber umso mehr Ahnung von einem schicken Dress und guten Frisuren hat. Gemeinsam mit dem Waller Michi, seinem Lebensgefährten und Assistenztrainer, hat der Rudi dann den Damen zunächst ein farbenfrohes Dress entworfen und es schneidern lassen, und hat höchstpersönlich bei den Frisuren, dem Makeup und den Finger- und Fußnägeln seiner Schützlinge Hand angelegt.

Leider hat er es versäumt, Ausdauer, Ballbeherrschung und Technik ausreichend mit den Damen zu trainieren. Und so kam es gleich beim ersten Testspiel des FLOP gegen das Seniorenteam der Paslamer Herren zu einem Eklat, weil die Damen das Spielfeld in der 14. Minute beim Spielstand von 1:22 verlassen haben.

Auslöser für den Spielabbruch war ausgerechnet das erste und einzige Tor der Damen. Und es war dies ein Eigentor, das der Torwart der Herren, der Landsberger Luis, vorbereitet und vollstreckt hat, indem er, als er das Elend nicht mehr länger mit anschauen konnte, wie er uns nach dem Spiel sagte, und geradezu getrieben vom Mitleid, in den Strafraum der Damen einfiel, dem völlig verdutzten Perlinger Harry, der gerade den 23. Treffer hinlegen wollte, den Ball direkt vom Fuß klaute, ihn, den Ball nämlich, übers Spielfeld vor sich her trieb und schließlich im eigenen Tor versenkte.

Ja, und danach hat die Frauschaft dann zwar noch gelegentlich trainiert und neue Trikots ausprobiert, aber gespielt haben sie nie wieder.

Es wurde also wieder einmal Suppe gekocht aber Kaltschale gegessen.

Der PFuPF als solcher blieb jedoch bestehen und gab den Paslamer Frauen noch lange Gelegenheit, sich in der Abgeschiedenheit des Jagdstüberls über uns Männer auszulassen, was uns aber ganz recht war, hatten wir doch so jeweils für die Zeit des Frauentreffens eine Ruhe vor ihnen.

Wie der PFuPF einen ersten Einsatz erfuhr

Und es sollte das von der Jutta Gschwendtner und meiner Marie gegründete Paslamer Frauenforum eine Organisation sein, die wo in Not befindliche Paslamer Frauen aus eben jener Not erretten und gefallenen Paslamer Frauen wieder aufhelfen wollte, und aufrechte Paslamer Frauen wollte die PFuPF vor dem Fall bewahren, und zwar mit der Kultur. Also, dass es Vorträge und Lesungen und Ausstellungen geben sollte in Paslam, die wo für Frauen gehalten werden, und dass sie, die Frauen nämlich, dadurch eine Stärkung erfahren. Und der Berti hat's in schöne Worte gefasst, was alle Paslamer Männer davon hielten, nämlich dass „die Paslamer Frauen ein Frauenforum so nötig haben wie dem Landsberger Luis seine Rinder den Rinderwahn".

Aber immerhin hatten wir Paslamer Männer immer eine Ruhe, wenn sich die Frauen zum Vortrag über die „Diametral entgegengesetzte Paslamer Polarität" (DePP) in der Brennstube von Irmgard Stuckis Töpferei „Bodschambal" trafen, oder zum „Arbeitskreis Literatur der Frauenwelt", oder zum gemeinsamen Ausdruckstanz.

Allerdings sollten zwei der anfänglich schwersten Gegner des Paslamer Frauenforums bald ihre Meinung über den PFuPF ändern, und es waren dies der Sturzhammer Ferdl und mein Berti, ausgerechnet. Und das geschah an einem ganz normalen Freitagabend.

Wir hatten einen gemütlichen Abend beim Fröschl verbracht, die Spezerln und ich. Ja, und ich bin an jenem Freitag, wie zu der Zeit schon an jedem Freitag, etwas früher heimgegangen, und zwar noch so rechtzeitig, dass ich ohne große Probleme das Türschloss öffnen konnte. Es war dies ein Zugeständnis an die

Marie, die der Meinung war, dass wir ein Ehepaar seien, womit sie zweifellos recht hatte, und dass wir darum auch einige Zeit gemeinsam verbringen sollten, und dass diese gemeinsam zu verbringende Zeit immer knapper werde, da die Marie zusehends in ihren sozialen und spirituellen Aktivitäten aufging, und ich ja ohnehin durch meine Tätigkeiten im Kirchenrat von St. Elke, als Vergnügungswart bei der Lok Paslam und diverse andere Ehrenämter gebunden war.

Wir, meine Marie und ich, waren also gerade recht gemütlich beieinander, das heißt, die Marie schlief am Sofa und ich schaute einen Krimi auf Kabel1, als das Telefon klingelte, und dran war die Krauthofer Kati, was, wie ich Ihnen ja schon erzählt habe, die Frau vom Sturzhammer Ferdl ist.

Und es war, das konnte ich sofort an ihrer Stimme feststellen, die Kati sehr aufgeregt und sagte, ja, sie müsse nun unbedingt, auch wenn es schon recht spät sei, meine Marie sprechen, weil sie die Gschwendtner Jutta nicht erreichen könne und ihr zwar etwas auf den Anrufbeantworter gesprochen hätte, dass es aber doch pressiere, und weil sie, die Kati, eine Paslamer Frau in Not sei, und nun auf die Hilfe der zweiten Vorsitzenden vom PFuPF, was meine Marie war, hoffte, weil es sonst eine Katastrophe geben täte. Und im Hintergrund von der Kati konnte ich sehr wohl einen Mann jammern und heulen hören, dass es ein Herzerbarmen war, und ich wusste sofort, dass es sich dabei um niemand anderen als den Ferdl handelte, dem es scheinbar gerade die Seele im Leib zerriss.

Na, ich hab dann die Marie geweckt und gesagt, ja, und nun sei es soweit und es gäbe einen Ernstfall, und gab ihr den Hörer von unserem schnurlosen Telefon mit der Kati darin.

Und es erzählte die Kati der Marie, was sie in ihrer Not zu diesem spätabendlichen Notruf bewogen hatte, nämlich dass ihr Ferdl, der ja eigentlich Karl heißt, und den die Kati auch immer Karl nennt und es gar nicht gerne hört, wenn wir ihn Ferdl nennen, dass also ihr Karl einen großen Weltschmerz hätte und sein Leben beenden wolle, und das, weil's Bier alle sei.

Der Ferdl gehörte ja nicht zur Stammbesetzung unseres Stammtisches, er tarockt auch nicht so gerne. Aber er war jeden Abend da, wo auch wir waren - heute beim Fröschl, morgen im Ochsen. Und es saß der Ferdl dann für sich am Tisch in der Ecke und trank Bier. Und das in einem Tempo und in Mengen, dass es uns allen einen Respekt abnötigte. Und er ist jeden Abend sturzhammervoll und zeitig heimgegangen der Ferdl, also noch vor Mitternacht, weil er am Morgen früh raus muss.
Es war uns allen sehr wohl bekannt, dass der Ferdl, wenn er abends vom Fröschl oder vom Ochsen heimkam, stets noch ein, zwei, drei oder auch vier Flaschen Helles zuhause zu trinken pflegte, als Schlummertrunk, wie er es nannte, und ich war darüber manches Mal sehr erstaunt, weil der Ferdl, wenn er uns am Abend verließ, meistens immer schon in einem Zustand war, der eine weitere Aufnahme von Bier als eine übermenschliche Tat erscheinen lassen musste. Aber der Mensch ist halt ein Gewohnheitstier, und der Ferdl ist's ganz besonders. Und er sagte, er müsse diesen Schlummertrunk haben um gut schlafen zu können, weil er ja am Morgen immer sehr früh zur Arbeit müsse, und das konnten wir gut verstehen.
Ja, und an jenem Abend stand dem Ferdl der Sinn nach mindestens drei Flaschen, eher vier, und es war, verursacht durch eine logistische Fehlleistung der Kati - weil, der Ferdl kann sich ja schließlich nicht um alles kümmern, geht er doch schließlich Tag für Tag einer aufreibenden zwölfstündigen beruflichen Tätigkeit nach - nur noch eine Flasche Helles im Haus. Und als der Ferdl an jenem Freitag heim kam, in den Kühlschrank schaute, dort nur diese eine einzige Flasche vorfand, selbige sofort öffnete und fast

mit einem einzigen Schluck leerte, und auf Nachfrage bei seiner bereits schlafenden, aber dann von ihm geweckten Gattin erfuhr, dass kein weiteres Bier im Haus sei, und aus der Gewissheit heraus, dass sowohl der Fröschl als auch der Ochse bereits geschlossen hatten, und da er, der Ferdl, um die auf 22 Uhr begrenzte Öffnungszeit der einzigen Paslamer Tankstelle, nämlich der ARAL-Tankstelle vom Abdul Habibi wusste, mehr noch - da es ihm schlagartig klar wurde, dass es breit und weit kein Bier zum Kaufen gäbe, und er somit in dieser Nacht keinen Schlaf nicht würde finden können, und dies als eine Boshaftigkeit sondergleichen seiner Frau ansah, beschloss der Ferdl, und hat's der Kati gesagt, dass er sich nun das Leben nehmen würde.

Ja, und der Ferdl machte auch ernst und hatte ein Schälmesser zur Hand und drohte der Kati, die das Bett vorsichtshalber verlassen hatte, sich damit den Puls aufzuschneiden, und es fürchtete die Kati nun doch, so arg sie ihren Karl sonst schimpfte, um ihren Mann, und bat den heulenden und verzagenden, er möge sich noch gedulden, sie hätte eine Idee. Und dann hat sie meine Marie angerufen und um Hilfe gebeten.

Ich war dann sehr erstaunt, als ich meine Marie, die vor wenigen Minuten noch auf dem Sofa im tiefen Schlaf gelegen hatte, in die Küche stürzen, den Kühlschrank öffnen und alles, was an Bier darinnen lag, heraus nehmen und in einen Korb packen sah, während sie mir, der ich noch gar nicht wusste, worum es überhaupt ging, in Stichworten von ihrem möglicherweise Leben rettenden Einsatz erzählte. Na, und da es für mich selbstverständlich war, einem schwermütigen Freund in seinen dunklen Stunden beizustehen, beschloss ich, und sagte es der Marie auch, dass ich sie und somit den PFuPF, dessen Nutzen ich - und gab es in jenem Moment unumwunden zu - schwer unterschätzt hatte, bei der Rettung des Sturzhammer Ferdl unterstützen würde, und, so fügte ich aus tiefster Überzeugung hinzu, mein bester Freund, der Berti, auch.

Ja, und während die Marie sich Schuhe und einen Mantel überzog, rief ich den Berti an, der schon im tiefsten Schlafe lag. Ich erzählte dem Berti kurz, worum es sich handelte, und es sagte mein bester guter Freund - und ich hatte es nicht anders erwartet - er werde in wenigen Minuten beim Ferdl sein und sicherheitshalber auch noch einige Flaschen vom Hopf aus seinen umfangreichen heimischen Lagerbeständen mitbringen, damit am Ende die Lebensrettungsaktion nicht womöglich an einer einzigen fehlenden Flasche scheitern müsse.

Die Marie und ich sind dann auch gleich los, und trugen gemeinsam den schweren Korb, den ich noch um einige Flaschen aus dem Keller bereichert hatte, zum Ferdl und der Kati ihrem Haus, und als wir dort ankamen, traf auch gerade mein Berti ein, bekleidet mit Pyjama und Morgenrock, und seinen stabilen und gut gefüllten Großraumrucksack auf dem Rücken tragend.
Und nicht nur der Berti war herbeigeeilt, dem Sturzhammer Ferdl das Leben zu retten! Die Marie hatte grad an der Haustür der Krauthofers geschellt - wer schwebte da, einem schwarzen Engel gleich, angetan mit seiner Uniform, herbei? Der Prälat Wimmerl - unser Soldat des Herrn! Und hatte alles dabei, was er für eine letzte Ölung benötigte, denn der Berti - und niemand anders hatte den Wimmerl aus dem Bett geläutet! - hatte dem Wimmerl auf die Schnelle erklärt, es sei Gefahr im Verzug und der Krauthofer Karl wolle Hand an sich legen.
Na, und der Wimmerl als guter Gottesmann hatte nicht lange gezögert, dieses sein Schäfchen davon abzuhalten, sein Leben fortzuwerfen. Und für den Fall, dass sein tröstendes Wort und sein geistiger Beistand nicht ausreichen würden, hatte der Wimmerl auch noch eine Flasche feinsten Obstbrandes dabei.

Na - und was soll ich Ihnen sagen! Dem Ferdl, als er uns alle erblickte und sah, was wir dabei hatten, ging es gleich viel besser! Und er bat uns in die Küche an den großen Tisch, und schnell waren ein, zwei, drei, vier Flaschen vom Hopf geöffnet und ausgetrunken, und jegliche Selbstmordgedanken beim Ferdl schienen wie weggewischt, und keine Rede war mehr von Selbstentleibung!

Und kaum saßen wir gemütlich beisammen, klingelte es schon wieder an der Türe! Und ein traten, als die Tür von der Kati geöffnet wurde, der Gschwendtner Josef und seine Frau Jutta. Die hatten nämlich, zurück aus der Oper in München, den Anrufbeantworter abgehört und sich sofort auf den Weg gemacht! Und die Jutta war sehr stolz auf die Marie und den PFuPF und auch auf sich, und wir alle mussten dem Gschwendtner, der ja ein Redakteur beim Paslamer Boten ist, und den eigentlich niemand so recht leiden kann, alles genau erzählen, und er hat gesagt, ja, und dass er daraus eine Mordsstory machen täte, und er hat uns auch gleich fotografiert, wie wir Lebensretter um den großen Küchentisch herumsaßen und den Krauthofer Karl mit erhobenen Gläsern zurück im Leben willkommen hießen.

Und der Ferdl war so glücklich über seine Heilung und die Errettung aus seiner Depression, dass er für diesen Abend und diese Nacht seine Prinzipien vergaß und mit uns seine Genesung feierte. Und er sprach sogar ein Dankgebet zur Heiligen Elke, worüber sich der Wimmerl sehr gefreut hat.

Und dann war es schon recht spät, und wir sagten zur Kati und zur Marie und den Gschwendtners und zum Wimmerl, ja, und sie könnten nun ruhig getrost wieder zu Bett gehen, wir würden dem Ferdl schon beistehen und sicherstellen, dass er keinen Unfug nicht machen würde. Und die Kati bedankte sich vielmals und war recht froh und sagte zum Ferdl, er solle dann nur recht bald zu Bett gehen, weil er ja um 5 wieder seinen Dienst antreten müsse, und der Ferdl sagte, ja, freilich, sie solle sich nur keine Sorgen machen, und dann sind die Gschwendtners und der Wimmerl und die Marie gegangen, nachdem sich die Kati vielmals bei ihnen bedankt hatte, und ich hatte noch zur Marie gesagt, dass ich auch gleich nachkäme, aber es wurde dann doch später, nämlich fast 3, bis ich ging.

Und der Berti sagte, als ich aufbrach, er würde noch da bleiben, als Brandwache, gewissermaßen, falls eventuell noch Seelenbrandherde beim Ferdl auflodern würden, und dass er, der Berti, diese dann sofort löschen täte, und Löschmittel hätte er ja noch genug dabei.

Ja, so hat er es formuliert, mein Berti, dieser wohl größte Philosoph und Poet, den Paslam jemals hatte, ohne es zu wissen.

Und der Berti ist wirklich so lange geblieben, bis er sicher sein konnte, dass der Ferdl, in seinem körperlich nahezu komatösen Zustand, zumindest seelisch ausreichend stabil war, um seine verantwortungsvolle Tätigkeit als Taxifahrer antreten zu können.

Wie ich einmal beinahe an den Leserinnen und Lesern dieses Buches verzweifelt wäre

Jetzt hört sich aber alles auf!
Ja - was!? Was glauben denn Sie!?
Haben Sie mir überhaupt jemals richtig zugehört, wenn ich Ihnen etwas erzählt habe? Glauben Sie ernsthaft - und ich kann es förmlich hören, was Sie eben gerade dachten, und dass Sie es also tatsächlich glauben - dass der Berti den Ferdl hat fahren lassen in dessen Taxi, an jenem Morgen, nachdem wir, also der Berti und ich, gemeinsam mit der zweiten Vorsitzenden des PFuPF und anderen honorigen Paslamer Bürgern, den Ferdl vor einer kaum zu behebenden Dummheit gerettet haben!?
Sie scheinen nicht begriffen zu haben, oder aber es nicht begreifen zu können oder zu wollen, was für ein Mensch mein bester guter Freund, also der Hubert Mooshammer, zu Lebzeiten gewesen ist! Dabei habe ich es Ihnen oftmals erzählt, dass er, der Berti, ein sehr feinfühliger und verantwortungsbewusster und selbstloser Mensch war, beziehungsweise es sein konnte, wenn er es wollte! Und meistens wollte er! Und darum hat er eben den Ferdl nicht fahren lassen, an jenem frühen Morgen! Jessas, Maria und Josef!

So.

Da ich Ihnen scheinbar alles ausführlich aufs Butterbrot schmieren muss, was ich eigentlich als selbstverständlich vorausgesetzt habe, und dass Sie es gewissermaßen zwischen den Zeilen lesen würden, werde ich die weiteren Erzählungen diese Buches nun hintan stellen und Ihnen erzählen, wie es an jenem Morgen und Tag - es war, falls Sie sich auch dessen nicht mehr erinnern können, sag ich es Ihnen noch einmal ausdrücklich, damit dass Sie nicht noch zurückblättern und sich und mich noch länger aufhalten, es war ein

Samstag - mit dem Ferdl und mit dem Berti weiterging. Und am Abend jenes Samstags habe ich kurz den Berti besucht und er hat mir erzählt, wie es sich zugetragen hat, und zwar folgendermaßen:

Als der Berti überzeugt war, dass der Ferdl endgültig vom Freitod kuriert war, jedenfalls für dieses Mal, und in Paslam schon der Bote ausgetragen wurde, hat der Ferdl gerade noch Zeit gehabt, sich zu rasieren, die Zähne zu putzen und ein frisches Deodorant über das alte zu legen, weil es dann 5 Uhr war und er seinen Dienst bei der Miesbacher Taxizentrale, bei der er schon seit über 20 Jahre angestellt war, und niemals nicht auch nur einen Tag krank gewesen ist, angetreten hat.

Er hat ja immer nur den Tagdienst von 5 bis 17 Uhr gefahren, der Ferdl, weil er ein wenig farben- und recht nachtblind war, und weil es ihm weitsichtigerseits an einigen Dioptrien mangelt, und er hat sehr wohl eine Brille, die ihm die fehlenden Dioptrien gibt, aber die hat er nie getragen, und zwar hat er sie aus Eitelkeit nicht getragen, weil, als er sie einmal getragen hat, sagte jemand zu ihm, er sei das einzige Pferd, das eine Brille tragen würde. Und der Ferdl brauchte sie beim Fahren auch nicht unbedingt, weil er kennt die Straßen und Gassen in und zwischen Paslam und Miesbach wie seine Gesäßtasche im Dunkeln.

Und weil er so ein Pfundskerl und äußerst zuverlässig war und ist und sowieso niemals eine Lohnerhöhung gefordert hat, hat man ihm diese unbedeutenden Gebrechen verziehen und ihn immer den Tagdienst fahren lassen.

Ja, und wie es dann 5 Uhr war, hat mein Berti dem Ferdl geholfen, sein Taxi, das auf dem Hof praktisch direkt vor der Haustür stand, zu finden. Und dann hat er den Ferdl auf den Fahrersitz bugsiert, und der Ferdl hat es fast auf Anhieb geschafft, den Taxifunk anzuschalten und hat gleichzeitig spaßeshalber den Berti etwas gefragt, das, so der Berti, so ähnlich klang wie: „Wohin soll's denn gehen, Fremder?" Und dann hat der Berti gesagt, ja, und er, der Herr Krauthofer, möge doch bitte ihn, den Herrn Mooshammer, nach Hause fahren, und dann hat der Ferdl sich in der Zentrale gemeldet und mit schwerer Zunge gesagt, ja, dass er jetzt im Dienst sei und schon einen ersten Kunden für eine längere Fahrt hätte, und dass er sich dann wieder melden täte, wenn er wieder frei wäre. Und dann hat er noch das Funkgerät aus- und das Taxameter eingeschaltet, und ist auf der Stelle, hinterm Lenkrad sitzend, eingeschlafen. Und der Berti - er war ja, wie viele geistige Größen, eher klein von Wuchs - hat es sich auf der Rückbank bequem gemacht und ist auch gleich eingeschlafen.

Meine Marie ist irgendwann am Vormittag mit dem Radl zum Bäcker um Semmeln zu holen, und kam dabei am Haus von der Kati und dem Ferdl vorbei und hat wohl gesehen, dass des Ferdls Auto noch auf dem Hof steht, und sie hat gedacht, die Marie, na, das sei wohl besser so, und hat es mir beim Frühstück dann auch erzählt.

Ja, und einige Stunde später, es ging bereits auf Mittag, sind der Ferdl und auch der Berti aufgewacht, weil die Kati an die Scheibe geklopft und gefragt hat, ob auch alles in Ordnung sei, und der Ferdl hat gesagt, ja, sowieso, und dass er nur einen Mörderkater hätte, und hat sich vom Berti erzählen lassen, was alles in der Nacht geschehen war. Und das Taxameter war schon auf 72 Euro, und der Ferdl hat gesagt, oh je, Berti, und dass er das nicht einfach so stornieren könne, und der Berti hat gesagt, das käme sowieso nicht in Frage, und dass der Ferdl ihn nun heimfahren solle, und der Ferdl hat gesagt, er hätte noch Sehstörungen und wisse nicht, ob er schon fahren könne ohne dabei größeren Schaden anzurichten.
Und der Berti, dem zeitlebens für jede Unwägbarkeit, und schien sie noch so aussichtslos und verfahren zu sein, eine Lösung

einfiel, hat gesagt, ja, und das sei überhaupt kein Problem, und es wäre ja nicht weit bis zu ihm nach Hause und sie würden halt das Taxi schieben.

Na, und dann sind die beiden ausgestiegen und haben des Ferdls alten Daimler die wenigen hundert Meter - es war ja, wie Sie sich möglicherweise noch erinnern, ein Samstagvormittag, und auf den Straßen Paslams herrscht um diese Zeit kaum Verkehr, es ist also auch kaum jemandem aufgestoßen, dass der Berti immer noch im Pyjama und Morgenrock unterwegs war - zu des Bertis Haus geschoben.

Und dort angekommen, hat der Berti dann den Ferdl zu einer Brotzeit eingeladen, und zwar zu einer Brotzeit, die es in sich und ihren Namen verdient hatte, und für den Ferdl hat er einen Kaffee gekocht, der, so der Berti, einen Untoten umgebracht hätte. Er selbst hat lieber eine Weiße getrunken, was der Ferdl kategorisch abgelehnt hat, da er - darin war und ist er eisern! - nie im Dienst trinkt, sondern sich den Durst immer für den Feierabend aufhebt.

Ja, und dann war der Ferdl soweit wieder hergestellt, dass er sich in der Zentrale zurückmelden konnte und auch gleich eine Fahrt von Neuhaus nach Miesbach hat machen müssen.

Selbstverständlich hat der Berti die Taxirechnung in Höhe von letztlich 92 Euro bezahlt, wofür ihn dann allerdings der Ferdl an jenem Abend im Ochsen gnadenlos freigehalten hat.

Und am Montag darauf waren wir alle auf der Titelseite vom Paslamer Boten, und der Artikel vom Gschwendtner - das muss man ihm lassen! - war ein sehr schöner, der die Arbeit des PFuPF wirklich in ein gerechtes Licht gestellt hat.

Wie ich einmal in Mallorca war und dort beim „Wetten, dass!" mitgemacht habe

Ja, und die Kati war so froh und dankbar, weil die Marie und der Berti und auch ich ihrem Karl und auch ihr geholfen haben, als es dem Ferdl so schlecht ging, dass sie uns alle auf ein verlängertes Wochenende gemeinsam mit ihr und dem Ferdl nach Mallorca eingeladen hat.

Jetzt werden Sie sagen: Oha, so ein Taxifahrer scheint ja in Paslam eine Menge Geld zu verdienen, dass seine Frau solche extravaganten Reisen buchen kann und einfach mal so und nebenbei halb Paslam auf die Balearen einlädt! Und dann sage ich Ihnen: Mitnichten!
Vielmehr verhält es sich so, dass der Kati ihre Schwester in Miesbach im Reisebüro arbeitet und immer die Hand auf so genannte Last-Minute-Angebote hält. Und es waren gerade an dem Wochenende vier Plätze auf einem Billigflieger und zwei Zimmer in einem Mittelklassehotel in El Arenal frei. Nur der Berti hat gleich gesagt, ja, danke, und nein, bitte nicht, weil ihn keine elf Pferde nicht in ein Flugzeug und schon gar nicht in eines nach Mallorca kriegen täten, und darüber war meine Marie recht froh, weil ihr Verhältnis zum Berti - ich erwähn's noch mal, falls Sie auch das schon vergessen haben sollten - zu der Zeit bereits eher zwiespältig war.

Ganz glücklich war ich zunächst auch nicht, weil ich mir nicht sicher war, wie das mallorcinische Bier denn schmecken täte, aber unser Ludwig, als er gehört hat, dass wir in einem Hotel in Arenal logieren, hat gesagt, ja, und dann wär's kein Problem, weil es sei bekannt, dass es in Arenal den *Bierkönig* und das *Oberbayern* hätte, und dass es dort auch ein Weißbier gäbe, wenn auch nicht vom Hopf, aber immerhin. Und dann war ich soweit beruhigt.

Ja, und dann sind wir alle vier an einem Donnerstag im Juni von München nach Palma de Mallorca geflogen, und sowohl der Flug als auch Mallorca und erst recht das Hotel sollten sich als Riesenkatastrophe erweisen.
Aber der Reihe nach.
Es war ein tadelloser Flug, der überpünktlich startete und demzufolge auch früher als geplant in Palma endete. Die Flugbegleiterinnen waren äußerst freundlich, und der Service an Bord ließ - obwohl's, wie gesagt, ein Billigflieger war - nichts zu Wünschen übrig.
Angekommen in Mallorca, war es dort sehr heiß. Allerdings nicht ganz so unerträglich wie in Paslam, denn dort war es seit Tagen nicht mehr zum Aushalten, weil es jeden Tag einen neuen Frühsommerjahrhunderttemperaturrekord gab. In Mallorca hingegen wehte zumindest eine Brise und brachte etwas Erfrischung.
Ja, wir haben dann auch gar nicht groß nach einem Bus oder einer U-Bahn Ausschau gehalten, sondern haben uns direkt ein Taxi genommen, das uns zum Hotel bringen sollte. Und der Taxifahrer, wie er gehört hat, Rio Bravo, was nicht nur ein Film mit dem John Wayne ist, sondern auch unser Hotel in Mallorca war, wusste sofort Bescheid. Ich hab mit den beiden Damen im Fond des Daimlers Platz genommen, und der Ferdl hat sich sinnigerweise auf den Beifahrersitz gesetzt und es auch dem mallorcinischen Taxifahrer gleich zu verstehen gegeben, dass er vom Fach sei, der Ferdl, damit der einheimische Fahrer, der unsere Sprache nicht verstand, weil, wir haben vorsichtshalber tiefstes bayrisch gesprochen, gar nicht erst auf die Idee einer krummen Tour käme, denn, so der Ferdl, die mallorcinischen Taxifahrer seien allesamt als Ganoven verschrien und machten gerne mit ortsunkundigen Touristen ein paar teure Umwege.

Eine knappe Viertelstunde später waren wir dann aber schon am Hotel, ohne dass der Taxifahrer irgendwelche Fisimatenten versucht hätte, und der Preis für die Fahrt war völlig in Ordnung.

Ja, und der erste äußerliche Eindruck vom Rio Bravo war dann so, dass wir sagten, aha, und: Da schau her - ein schmuckes Hotel ist es!, weil - es sah wirklich tadellos aus. Das Check-in dauerte nur Minuten, denn unsere Zimmer waren bereits fertig und warteten auf uns. Auch war das Personal an der Rezeption äußerst freundlich und sprach recht gut deutsch.

Auf dem Zimmer angekommen, stellten die Marie und ich fest, dass es hell und freundlich ist, das Zimmer, sauber, angenehm möbliert, gut gelüftet, ausreichend groß, und es fielen weder die Tapeten noch Kakerlaken von den Wänden.

Bis dahin war Mallorca also eine einzige Katastrophe. Weil, so etwas gibt ja erzählerisch rein gar nichts her, und Sie werden sich bei meinen Schilderungen der Anreise schön gelangweilt haben. Aber dafür kann ich nichts, dafür müssen Sie sich schon bei Mallorca und den Mallorquinern beschweren.

Na, wir haben uns dann frisch gemacht, wie man so sagt, und uns eine Stunde später in der Hotellobby getroffen, um uns gleich einmal ein wenig von Mallorca anzuschauen.

Sie, der Ferdl kam richtig fesch daher, und die Kati auch! Er in einem Bermudashort, und seine Kati in einem kurzen Rock, mit dem sie der Wimmerl niemals nach St. Elke hineingelassen hätte! Meine Marie und ich waren dagegen eher konservativ gekleidet, mit leichten Baumwollhosen, und unsere Badesachen hatten wir auch dabei.

Wir mussten nur wenige Schritte gehen, vorbei an kleinen Geschäften, Restaurants und Souvenirshops, und waren schon an der Strandpromenade von El Arenal - und gleich dahinter, direkt im Anschluss an den hellen Sandstrand - das Meer! Das sei ja ein prächtiger Anblick, sagte der Ferdl und strahlte über all seine gewaltigen Zähne! Mir erschien es weniger idyllisch, und vor allem stärker frequentiert als der Paslamer Waldsee, aber da wir nun einmal dort waren, haben wir uns vier Liegestühle und zwei Sonnenschirme gemietet und beschlossen, ein wenig Beach-Life zu treiben und so gewissermaßen den Jetlag abzuschütteln, um anschließend Mallorca zu erkunden.

Die Marie und die Kati und auch der Ferdl wollten direkt ins Meer hinein und dort schwimmen, ich aber sagte, wenn sie unbedingt eine Cholera oder juckende Hautausschläge bekommen wollen, könnten sie das gerne tun, mich allerdings würde man niemals im Mittelmeer schwimmen sehen, weil bekanntlich alle Hotels am Mittelmeer ihre Abwässer direkt ins Meer hineinpumpen würden. Ja, und dann haben die drei es sich anders überlegt und gesagt, ja, und so etwas hätten sie auch gehört, und dann haben sie sich wieder auf ihre Strandmöbel gelegt.

Und wie wir so auf unseren Liegen liegen, die Kati und meine Marie im Badeanzug, der Ferdl und ich in unseren Badehosen, und die Leute am Strand und das Meer beobachten, sagt der Ferdl, ja, und er hätte schon einen kleinen Durst, und ob wir nicht ein Bier trinken wollen. Und grad wollt ich „ja, sowieso!" sagen, da spricht uns ein Herr von der Nebenliege an und entschuldigt sich, dass er sich so einmischt in unsere Beschaulichkeit, aber er hätte grad bemerkt, dass wir Deutsche wären, und ob wir nicht eventuell ein Interesse an vier Karten fürs „Wetten, dass!" am Samstagabend in der Stierkampfarena von Palma hätten. Und ich wollt grad sagen, danke, nein, ich kann den Gottschalk schon im Fernseher nicht ertragen, da werd ich ihn mir lebendig erst recht nicht antun, da sagte die Marie, ja - sowieso!, und was die denn kosten sollen, die Karten.

Es stellte sich heraus, dass der Mann mit seiner Frau und deren Eltern extra für ein paar Tage aus Düsseldorf angereist war, um dem Sommerspecial von „Wetten, dass!" in der Stierkampfarena von Palma beizuwohnen, dass sie sich aber an jenem Tag beim Mittagessen fürchterlich zerstritten hätten, und er nun schon gar keine Lust mehr hätte, mit denen zum Gottschalk zu gehen. Und weil die Mischpoke, wie er sie nannte, aber auch nicht hingehen solle, habe er beschlossen, die Karten, die er beim ZDF zugelost bekommen hätte, zu verkaufen. Na, und die Marie und auch die Kati waren gleich hellauf begeistert, und die Marie hat dem Menschen ein Heidengeld für die vier Karten gezahlt.

Der Ferdl und ich haben gute Miene zu dem Spiel gemacht und gesagt, na, und das sei nun aber ein Grund, dass wir ihn auf ein Bier einladen täten, den Düsseldorfer. Und dann hat sich der Ferdl seine Bermuda und sein T-Shirt übergezogen, ist los zum nächsten Strandshop und kam mit ein paar Literflaschen spanischen Bieres der Marke Cruzcampo und je einem Piccolo für die Kati und die Marie zurück.

Was soll ich sagen. Das Bier war zwar kühl, immerhin. Aber wie ich gesehen habe, dass die Flaschen einen Drehverschluss haben, wollt ich es schon gar nicht mehr trinken, aber der Ferdl hat gemeint, der Verdurstende in der Wüste tät auch nicht meckern, wenn man ihm das rettende Wasser in einem Nachttopf reichen würde. Und das hab ich zunächst eingesehen und hab einen Schluck vom Bier genommen und dann zum Ferdl gesagt, dass mir eventuell ein Wasser aus dem Nachttopf lieber wäre. Der Düsseldorfer meinte, das Bier sei so schlecht nicht, aber wer gibt schon etwas auf das Urteil eines Altbiertrinkers. Er hat sich dann auch bald verabschiedet und gesagt, er würde sich nun mit dem Geld für die Karten einen schönen Abend im *Bierkönig* machen, und wenn wir möchten, könnten wir ja auch hinkommen und es sei quasi direkt um die Ecke und man hätte auch ein deutsches Bier. Und grad wie die Marie sagen wollte „nein, danke!", bin ich

ihr aber zuvor gekommen und hab mit dem Ferdl im Chor gesagt, ja, sowieso, und um 20 Uhr wären wir da.

Wir sind dann auch bald zurück ins Hotel, denn es ging auf den
Abend zu und wir hatten ja Halbpension. Die Marie war schon
ein wenig grantig, weil sie meinte, ja, und der Ferdl und ich, wir
würden uns im *Bierkönig* wieder mörderisch betrinken und dann
den ganzen nächsten Tag nicht auf die Beine kommen, und sie
würde dann überhaupt nix von Mallorca sehen. Ich aber habe zu
ihr gesagt, Marie, morgen früh um 8 stehen wir auf, frühstücken
reichlich und fahren mit dem Omnibus, der direkt am Hotel hält,
nach Palma und sehen uns unbedingt auf jeden Fall die weltbe-
rühmte Kathedrale an. Die Marie hat das nicht so recht glauben
wollen, aber nach dem Abendessen sind wir dann alle in den
Bierkönig gezogen.

Sie - der *Bierkönig* ist so übel nicht! Es ist dies eine riesige Gast-
stätte gewissermaßen, mit einem gewaltigen Biergarten davor.
Und es gibt dort nicht nur deutsches Bier und Bratwürste, sondern auch sogar ein Weißbier, wenn auch nicht vom Hopf. Aber,
wie mein bester guter Freund bei passender Gelegenheit gerne zu
sagen pflegte - wenn man's in der Fremde so wie daheim haben
wolle, könne man auch gleich zuhause bleiben. Weswegen er
auch nie verreist ist, der Berti.

Und wie wir in den großen Biergarten hineinkommen, sehen wir
an einem Stehtisch schon unseren Düsseldorfer Freund stehen,
und man konnte es ihm ansehen, dass er das Abendessen ausge-
lassen und direkt mit dem Verpulvern des Verkaufserlöses begonnen hatte.
Er hat uns dann erzählt, dass der Mörderkrach mit seiner Frau
vom Mittag eine eskalierende Fortsetzung erfahren habe, als er
am Nachmittag zurück ins Hotel kam und ihr, die im Zimmer auf

ihn wartete, unumwunden erzählte, dass er die Karten fürs „Wetten, dass" verkauft hätte. Es seien eine Vase und eine Stehlampe zu Bruch gegangen, was ihn sehr gefreut hat, zeigte es ihm doch, dass seine Aktion den gewünschten Erfolg gezeitigt hatte. Und dann ist er direkt hierher gekommen, zum *Bierkönig*, und warte seitdem auf uns.

Und dann hat er gesagt, ja, und dass er seine Alte auf die Palme gebracht und sie mit Scheidung gedroht habe, müsse nun gefeiert werden, und er ist dann auch gleich los und hat für den Ferdl und mich je eine Weiße bestellt, und für die Damen, wie er sie nannte, also für die Kati und die Marie, einen Sekt, und hat darauf bestanden uns einzuladen und überhaupt sei er der Rüdiger, und wir sollen uns nicht wundern, er hätte gerade für den Abend ein Dauerabonnement beim Kellner gebucht, und er würde alles bezahlen, sowieso. Na, mir war's recht, drohte mir doch als Gegenleistung ein Abend mit dem Gottschalk.

Leider spielten sie dort im Biergarten eine Musik, die gar nicht nach meinem Geschmack war, denn sie war erstens sehr laut und zweitens vom Wolfgang Petry. Aber den Damen, also der Kati und meiner Marie, hat sie gefallen, und schon bald - der Jetlag in Verbindung mit dem Sekt, der, wie von Geisterhand gebracht, einer auf den andren anrollte, und den unsere Gattinnen schneller tranken als der Ferdl und ich unsre ebenfalls stets auf den Punkt gelieferten Weißen, trug wohl das seine dazu bei - sangen Marie und Kati im Chor „Hölle-Hölle-Hölle" und schunkelten und tanzten dazu mit dem Rüdiger im Kreise, und sie sagten, der Ferdl und ich seien Langweiler, und wir sollten uns ein Beispiel am Rüdiger nehmen, das taten wir aber nicht, weil der Ferdl und ich sind lieber langweilige Paslamer als wie vergnügte Düsseldorfer. Und ich sah mit Befremden, wie meine Gemahlin, die sonst eher wenig oder gleich gar nichts trinkt, unter dem Einfluss von Rüdiger, Petry und Kupferberg geradezu aufblühte.

Am nächsten Morgen war meine Marie verwelkt. Es ginge ihr überhaupt nicht gut, murmelte sie, als ich den Reisewecker ausschaltete. Ja, das nütze nun nichts, und wir wollten doch die Kathedrale besuchen, und die müsse man nun einmal, das sei bekannt, vor elf Uhr besichtigen, um den weltberühmten Effekt zu erleben, der entsteht, wenn die Sonnenstrahlen durch das große runde Fenster fallen.

Die Marie hat dann auch versucht, aufzustehen, aber es gelang ihr nicht, und dann habe ich einen Scherz gemacht und gesagt, ja, und sie solle nur mit zum Frühstück kommen, und ich täte ihr da einen Sekt spendieren und dann ginge es ihr gleich viel besser. Dann ging es ihr aber erst so richtig schlecht, meiner Marie, und dann tat sie mir schon ziemlich Leid, wie sie da vorm Klo kniete.

Um 8:30 Uhr traf ich mich dann, wie verabredet, mit dem Ferdl im Hotelrestaurant zum Frühstück, und er war ebenfalls alleine und sagte, seiner Kati ginge es gar nicht gut, und wir müssten die Kathedrale ohne sie besichtigen. Und so bin ich dann nach dem ausgiebigen Frühstück gemeinsam mit dem Ferdl im Omnibus nach Palma de Mallorca gefahren, und der hielt sogar direkt vor der großen Kathedrale.

Ja, und dann stand ich mit dem Ferdl vor dem ehrfurchtgebietenden Bauwerk und wünschte, es wäre auch mein Freund Berti dabei gewesen.

Nicht so gemütlich wie St. Elke, aber schon von gewissem architektonischen Ausdruck, so erschien sie mir, die Kathedrale, und das sagte ich auch zum Ferdl, der mir beipflichtete, und ich erinnerte mich meines Ausflugs nach Köln, wo ich mit dem Berti hingereist war, um in der Sendung vom Jauch, dem Rindviech, dem geselchten, mitzumachen, die dann - Sie werden sich erinnern - in einem Fiasko für den Jauch endete, und gedachte des

Moments, in dem ich mit dem Berti vor dem Kölner Dom gestanden war.

Und wie der Ferdl und ich noch so stehen und das Bauwerk schweigend bestaunen, vernehme ich eine mir nicht gänzlich unbekannte Stimme sprechen: „Sagen Sie mal - Sie kenne ich doch irgendwo her!", und aus den Touristenmassen, die in das Innere des Gotteshauses strömen, löst sich der Günther Jauch und kommt auf mich zu.

Ich hab dann nur gemurmelt, das müsse ein Irrtum sein, und hab zum Ferdl gesagt, komm, Ferdl, wir müssen jetzt in die Kathedrale, und den Jauch ließ ich stehen wie ein geprügeltes Huhn. Der Ferdl sagte noch, mei, und das sei doch der Günther Jauch gewesen!, und ich sagte, ja, ich weiß, und dann waren wir schon an der Kasse, bezahlten den Eintritt und gingen hinein in die Kirche.

Sie, jetzt muss ich Ihnen einmal etwas gestehen, was Sie aber bitte für sich behalten, weil, wenn das, was ich Ihnen jetzt zugebe, ruchbar wird, könnte es sein, dass man mich in Paslam der Nestverunreinigung und eines Mangels an Lokalpatriotismus zeiht - und das kann in Paslam schnell das Ende einer bürgerlichen Existenz bedeuten.

Und damit Sie meine Besorgnis hinsichtlich dessen, was ich Ihnen gleich gestehen werde, begreifen, unterbreche ich kurz die Berichterstattung von unserer Besichtigung der Kathedrale von Palma, und zeige es Ihnen an einem authentischen Beispiel, wie schmal in Paslam der Grat zwischen Respekt vor einem Mitbürger und dessen Verstoß ins Bodenlose ist.

Da hat einmal der Beißner Stefan, der ein angesehener und respektierter Bürger Paslams war, bis er bei einem Fest der Herzensguten Uta, das ja, wie Sie wohl wissen, an jedem dritten Septemberwochenende bei uns am Bichl gefeiert wird, und bei dessen Höhepunkt eine jungfräuliche Paslamerin zur Herzensguten Uta des Jahres gewählt wird, die dann beim großen Tanz am Abend im Festzelt bedienen darf - und in jenem Jahr war es die Lieselotte Frühling, unsere Lotti, die, obwohl schon weit in den 40ern, nicht verheiratet ist und es niemals war und es nach eigenem Bekunden auch niemals sein wird, und somit durchaus zurecht als jungfräulich durchging bei dem Fest, da hat also der Stefan Beißner - und dass er zuvor einige Weiße und auch vom Doppeltgebrannten getrunken hatte, wurde ihm nicht als strafmildernder Umstand zuerkannt - nach der Wahl gesagt, na, und die Lotti Frühling sei in etwa so jungfräulich wie seines Nachbars Katze, die IrmaLaDouce.

Oha.

Da hatte also einer, und zwar der Beißner, das Urteil honoriger Paslamer, nämlich des HGU-Festausschusses, nicht nur in Frage sondern gleich gänzlich in Abrede gestellt, und so etwas kommt in Paslam einem Todesurteil gleich - es bedeutet nämlich den sozialen Tod des Ketzers.

Den Beißner, als er wenige Tage später zum Adolf Weiß kam und sich hat wollen die Haare schneiden lassen, hat der Adolf drei Stunden in seiner Warteecke sitzen lassen, obwohl er gar keine Kunden hatte an jenem Tag, der Adolf, und hat die versuchten Gesprächsanbahnungen vom Beißner beharrlich ignoriert, bis der gegangen ist und wohl noch gar nicht wusste, wie und was er sich überhaupt eingebrockt hatte.

Und am nächsten Tag, am Nachmittag, hatte er einen schon lange zuvor vereinbarten Kontrolltermin beim Birgl, der damals noch Zahnarzt in Paslam war. Und die Karsing, was die Gehilfin vom Birgl war, hat in die Kartei geschaut und gesagt, nein, und da müsse er sich geirrt haben, er sei nicht eingetragen, könne sich aber gerne einen Termin bei einem anderen Zahnarzt geben lassen.

So.

Und als der Stefan dann im Tumm seinem Edeka einige Kleinigkeiten eingekauft hat und der Sebastian Tumm sowohl den ihm vom Beißner angebotenen 20er als auch einen alternativ angebotenen 50-Euro-Schein nach kurzem Blick als „Blüte" bezeichnete und der Beißner seine Einkäufe wieder in die Regale zurück bringen musste, da begann es, ihm zu dämmern, dem gefallenen Sohn Paslams, diesem Querulanten.

Vom Paslamer Boten bekam er dann eine Nachricht, dass sein Abonnement wie gewünscht beendet worden sei, obwohl er es nie gekündigt hatte.

Vorübergehend wurden ihm auch Strom und Wasser gesperrt, die flossen aber bald wieder, nach einem Anruf bei den Stadtwerken.

Der Siggi, unser Postbote, brachte dem Beißner dann die Post nicht mehr bis zum Briefkasten an die Haustür, sondern warf sie ihm in den Vorgarten, was, besonders bei Regenwetter, so manchen Brief und manche Karte schnell unlesbar machte.

Als der Beißner dringend ein Taxi brauchte, weil sein Wagen nicht ansprang und er also die Miesbacher Taxizentrale anrief, die auch gleich den Sturzhammer Ferdl aktivierte, wartete er vergebens, weil der Ferdl, der schon immer in der Parallelstraße vom Beißner wohnte, gesagt hat, weder die ihm genannte Paslamer Adresse noch einen Beißner Stefan nicht zu kennen und nicht gefunden zu haben, und es musste der Beißner Stefan sein Vorstellungsgespräch bei der Allianz-Zentrale in München kurzfristig absagen, wodurch ihm eine zum Greifen nahe leitende Stellung in deren Personalabteilung entgangen ist.

Na, und dann hat er's begriffen und eingesehen, dass er etwas falsch gemacht hat, der Beißner, aber da war's schon zu spät.

Er war dann bald seelisch recht zerrüttet und hat sich daher in therapeutische Behandlung begeben, und der Therapeut, dessen Eltern in Paslam wohnen, und dessen Vater rein zufällig ein langjähriges, ständiges Mitglied im Ausschuss zur Wahl der Herzensguten Uta ist und somit in der gesellschaftlichen Paslamer Hierarchie gleichauf mit unserem Bürgermeister und dem Wimmerl rangiert, hat dem Beißner dringend geraten, Paslam und am besten gleich Bayern zu verlassen, was der auch getan hat.

Er solle sich nun, der Beißner, so hörten wir, mit dem Vertrieb von Lesezirkelzeitungen in der Gegend von Chemnitz über Wasser halten.

Und dieser gewaltige soziale Abstieg kam nur zustande, weil der Beißner Stefan den Schiedsspruch eines Gremiums gewählter Paslamer Ehrenbürger sowie die Reputation einer angesehenen Paslamerin, nämlich der Lieselotte Frühling, die - was allgemein bekannt und bei der schier grenzenlosen Toleranz der Paslamer überhaupt kein Problem ist - eine schon seit vielen Jahren angestellte Angestellte im Club „Chou-Chou" in Miesbach ist - in einem Moment fahriger Unbedachtheit in Zweifel gezogen hat.

Ja, nun werden Sie hoffentlich verstehen, warum Sie das, was ich Ihnen nun hinter dem Riegel der Verschwiegenheit verrate, unbedingt für sich behalten müssen, weil es sonst für mich, als Paslamer Bürger, sehr unangenehme Folgen haben könnte:

Die Kathedrale von Palma de Mallorca ist, nüchtern und objektiv realistisch betrachtet, um eine Winzigkeit schöner als wie die Kirche St. Elke zu Paslam.

So, nun ist's raus.

Und bei besagter Kleinigkeit handelt es sich um das gigantische, aus Tausenden von Facetten gefertigte kreisrunde Fenster eben jener Kathedrale, durch das, als der Ferdl und ich das Innere des Gotteshauses betraten, die Sonne hindurch schien und das Dunkel des Kircheninneren mit einem goldenen - ach, was sage ich: mit einem güldenen! - Licht flutete, das nicht aus unserem Son-

155

nensystem zu kommen schien und also den Verdacht nahe legte, dass dabei ein Wesen, dessen Existenz für uns Menschen immer mit unbeantwortbaren Fragen behaftet sein wird, seine schöpferischen Finger im Spiel hat, das den Ferdl und mich geradezu gefangen nahm und uns die Sprache verschlug, und mich spontan auf die Idee brachte, aus der Heiligen Kirche auszutreten und gleich wieder einzutreten, weil, wenn man eines Gottesbeweises bedarf, findet man ihn problemlos an einem sonnigen Vormittag in der Kathedrale von Palma de Mallorca.

Nachdem der Ferdl und ich schweigend und staunend und in Ehr- und Gottesfurcht gut eine halbe Stunde auf einer der hölzernen Bänke gesessen hatten, bis die optische Wirkung des Sonnenlichteinfalles langsam nachließ und an Intensität verlor, flüsterte mir - spürbar geschwächt von dem soeben Erlebten - der Ferdl zu, dass er einen Mörderdurst hätte. Und den hatte ich auch.

Wir sind dann auch hinaus, der Ferdl und ich, und gleich über die Straße hinweg zum Platz, an dem uns vor weniger als einer Stunde unser Bus abgesetzt hatte, oder genauer gesagt, der Fahrer jenes Busses. Ja, und direkt an der Busstelle befand sich eine Art Bistro, und über der Eingangstür zum Bistro prangte ein uns wohlvertrautes Reklameschild, nämlich das der Firma Schöfferhofer, die bekanntlich - und ich sage das im vollen Wissen um ein Verbot der vergleichenden Werbung - ein recht passables Weißbier herstellt, das allerdings einem Hopf das Brauwasser nicht reichen kann. Aber immerhin.
Na, wir also hinein ins Bistro, und es kam auch gleich eine weibliche Bedienung, und die hatte sofort spitzgekriegt, dass wir Deutsche sind, und sprach uns direkt auf deutsch an, mit einem uns wohlbekannten Dialekt, und fragte, wo wir her wären, und der Ferdl sagte, na, aus Paslam seien wir, und da klatschte die Bedie-

nung in die Hände und sagte, mei, das gibt's doch gar nicht, und dass ihre Cousine, die Melchinger Susi, verlobt sei mit dem Torwart von der Lokomotive Paslam, und ob wir die kennen täten, worauf wir sagten, na, freilich kennten wir die Susi, und ihren Yannis auch!, und sie sagte, sie selbst stamme aus Weyarn, was ja nur wenige Kilometer von Paslam entfernt ist, und sie sei vor acht Jahren wegen einer mittlerweile längst verloschenen Liebe nach Mallorca ausgewandert und dort hängen geblieben, und fragte dann, was sie uns bringen dürfe. Und der Ferdl sagte, zwei Weiße, und ich sagte, ja, ich nehme auch zwei Weiße, und dann haben wir alle drei gelacht, und die Bedienung, die Sonja hieß, brachte uns tatsächlich vier Weiße und dieses Spiel haben wir bis in den Nachmittag fortgesetzt, bis ich ein wenig müde wurde und der Ferdl auch.

Und dann hatten wir vergessen, was für eine Nummer unser Bus war und haben uns von einem Taxi zum Hotel zurück bringen lassen.

Ja, und grad, wie wir ins Hotel hineingehen und in der Lobby stehen, da steigen unsere Damen aus dem Lift heraus! Und sie wirkten recht erholt und wurden auch direkt ein wenig giftig, fragten solche lästigen und auch sinnlosen Fragen, wie: Wo wir so lange gesteckt hätten und wie wir überhaupt aussähen, und dann hatten wir gerade begonnen, von dem einmaligen und geradezu beeindruckendem Erlebnis der Kathedralenbesichtigung zu berichten, als es in der Halle sehr laut wurde. Und da stiegen nämlich der Rüdiger nebst Ehefrau und Schwiegereltern aus dem Fahrstuhl, und die Frau schimpfte ihren Rüdiger, dass er mir schon Leid tat. Na, und dann sah der Rüdiger die Marie und die Kati, und dann hat er sich geradezu auf sie gestürzt und sie umarmt und beinahe abgeleckt, und sie laut „Meine Süßen" genannt, so dass es auch seine Frau hören musste und ihn noch lauter schimpfte.

Und die Kati und die Marie lachten und sagten zu uns, sie wollten gerade zum Strand hinunter und wir sollten am besten mitkommen und uns in den Schatten eines Sonnenschirms legen und unseren Rausch ausschlafen. Und das war, abgesehen davon, dass wir keinen Rausch, sondern nur eine Müdigkeit hatten, gar keine so schlechte Idee. Und so haben wir es dann auch gemacht.

Und dann war es auch schon Samstagabend und wir sind mit einem Taxi nach Palma gefahren, weil, die Kati und die Marie waren ordentlich aufgebrezelt und hatten schicke Kleider an und wollten diese nicht in einem Omnibus zerknittern oder von einem Kind mit Schokoladeneis beschmieren lassen, und dann standen wir vor der Stierkampfarena, die ich schon kannte, weil ich immer mitschauen musste, wenn die Marie „Wetten, dass" gesehen hat, und es wurde ja schon mehrfach von dort übertragen.

Na, wir haben dann Platz genommen, und dann ging es auch bald los, und der Gottschalk kam auf die Bühne und sah noch viel schlimmer aus als sonst, weil, er hatte nämlich eine original bayrische Hirschlederhose an und fand das wohl sehr komisch.

Und der erste Prominente, den der Gottschalk auf die Bühne kommen ließ, war ausgerechnet und niemand anderes als der Günther Jauch, und der hatte auch eine hirschlederne Hose an und sah beinahe so schlimm aus wie der Gottschalk. Na, die beiden haben sich dann aufs Sofa gesetzt und begonnen, das zu tun, was sie am besten können, nämlich dummes Zeug zu erzählen, und mir wurde das Ganze immer mehr zuwider, und während noch die erste Wette lief, deren Pate der Jauch war, und bei der jemand den Beweis antreten wollte, dass er in der Lage sei, hundert alkoholfreie Biere am Geschmack zu erkennen, wobei mir geradezu übel wurde, die aber dann zum Glück gründlich schief ging, die Wette, und der Jauch somit, weil er es seinem

Paten zugetraut hatte, als Gegenleistung eine Stunde an einer Autowaschstraße die Autos vorwaschen musste, und zwar bekleidet mit einem Taucheranzug, was ich ihm schon gegönnt habe, dem Schaumschläger, dem windigen, während also diese Wette noch lief, verfluchte ich innerlich die Marie, dass sie die Karten für diese idiotische Veranstaltung gekauft und sogar bezahlt hatte, und dachte, dass es dagegen beinahe eine Erholung wäre, den Petry zu hören im *Bierkönig*.

Ja, und dann bat der Gottschalk den zweiten Prominenten auf die Bühne, und unter frenetischem Beifall nicht nur der -zigtausend Zuschauer sondern auch meiner Marie und dem Ferdl seiner Kati, sowie zu den Klängen von „Hölle-Hölle-Hölle" kam der Wolfgang Petry auf die Bühne.

Ja, und da war es ganz mit mir aus.

Ich sagte zur Marie, dass mir das nun zu dumm sei, und dass ich jetzt sofort diesen unseligen Platz verlassen und mir in der Nähe eine gemütliche Bierbar suchen würde, in der sie mich nach der Sendung abholen könnte, und stand schon auf und wollte gehen, aber die Marie und die Kati zogen mich wieder herunter, und während der Gottschalk etwas sagte, dass er für die nächste Wette eine Unterstützung aus dem Publikum bräuchte, und welcher kräftige Herr denn Mut und Interesse hätte, auf die Bühne zu kommen, erhob ich mich gerade wieder und sagte - nun schon recht erbost - zur Marie, dass es eine mistige Idee gewesen sei, hierher zu kommen, in diese idiotische Sendung, und dann sagte der Gottschalk, ah, da habe sich schon jemand gefunden, und plötzlich wurde ich von Scheinwerfern angestrahlt, und alle Menschen klatschten, und auch die Marie und die Kati, und sogar der Ferdl, was ich ihm schon ein wenig übel nahm, und ich wollte erst gar nicht, aber dann zog es mich geradezu.

Ja, und dann saß ich auf dem Sofa, und der Petry begrüßte mich und wirkte unerwartet sympathisch, und ich wollte auch freundlich sein und ihm grade sagen, ja, dass wir ihn am Vorabend im *Bierkönig* gehört hätten, und dass er eine Pfundsmusik machen täte, und da hat mich aber der Jauch unterbrochen und wieder gesagt, er kenne mich doch irgendwoher, und ich sei doch schon einmal bei ihm gewesen und hätte die Sendung geschmissen, und ich sei doch der aus Passau.

Und dann sagte ich zum Jauch, er hätte recht, aber wiederum auch nicht, weil ich zwar einmal mit meinem besten guten Freund in seiner Sendung gewesen zu sein das zweifelhafte Vergnügen gehabt habe, aber nicht aus Passau komme, sondern aus Paslam, und dann schaute der Jauch so, wie er gerne schaut und sagte, ach ja, und er erinnere sich, dass ich von der Paslamer Kirche erzählt hätte, die ja wohl St. Erna hieße.

Und dann ist mir der Kragen geplatzt, und ich habe zum Jauch gesagt, wenn er nicht hinter seinem alleswissenden Monitor säße, wäre er noch viel dümmer als ohnehin schon, und warum er nicht einfach einmal sein dämliches Maul geschlossen halten würde - das heißt, ich sagte nicht „Maul", sondern gebrauchte ein kräftiges, bayrisches Synonym - und dass er mit seinen Steckerlbeinen in der Lederhose aussähe wie die Karikatur eines Bayern.

Na, und da fiel mir der Gottschalk ins Wort, und sagte, er ließe es nicht zu, dass hier jemand seine Gäste beleidigte, und ich sagte, ja, da wären ja die zwei rechten Bazi beisammen, und einer sähe scheußlicher aus als wie der andere und rede mehr dummes Zeug, und sie beide wären überhaupt eine Schande, vor allem der Gottschalk, und zwar für Bayern, wohingegen der Jauch, auch wenn er sich gerne bayrisch gibt, ja aus Westfalen käme und in Berlin aufgewachsen sei, was nun und überhaupt wohl die schlimmste Form von Preußentum sei, und daraufhin brach im Zuschauerraum ein Sturm der Entrüstung los, weil nämlich sehr viele Berliner und eine ganze Reisegruppe aus Münster zugegen war, und der Gottschalk legte eine Hand beschwichtigend auf meine Schulter und ich schlug sie fort, und schrie ins Publikum, dass sie

überhaupt alle rechte Hirschen wären, wenn sie so viel Geld ausgeben täten um solche Deppen auf der Bühne zu sehen, und dann stürmte das Publikum die Bühne, und es begannen erste Handgemenge und Raufereien, und Kameras stürzten um und gingen zu Bruch, während sich die Kameraleute hinter die Kulissen flüchteten, und erste Fäuste flogen, und „Wetten, dass!" begann allmählich, mir zu gefallen, und dann
rüttelte mich dir Marie und sagte, ja, und wir müssen uns nun langsam beeilen und gehen, sonst würden wir nicht mehr rechtzeitig fertig werden zum Abendessen im Hotel, und kämen am Ende zu spät zur Stierkampfarena. Und da hatte ich doch tatsächlich den Freitagnachmittag am Strand verschlafen und dabei vom „Wetten, dass!" geträumt.

Am Samstagvormittag sind wir dann, unsren Frauen zuliebe, noch einmal nach Palma gefahren und haben die Kathedrale besichtigt, worüber ja nichts mehr zu sagen ist, weil ich Ihnen weiter vorne schon alles erzählt habe, was zu erzählen ist.
An dieser Stelle möchte ich nur noch einmal darum bitten, meiner Beichte bezüglich des Vergleiches der Kathedrale von Palma mit der Kirche St. Elke zu Paslam die ihr gebührende Verschwiegenheit angedeihen zu lassen.
Ja, und dann sind wir alle noch kurz ins Bistro zur Sonja, und das gab eine große Wiedersehensfreude, in deren Folge sich auch noch herausstellte, dass die Sonja mit der Marie ihrer Schwester, der Gunilla, gemeinsam zur Schule gegangen ist.
Dann mussten wir aber auch schon bald wieder zurück ins Hotel, weil sich unsere Frauen für den Gottschalk recht aufbrezeln wollten, falls sie ins Fernsehen kämen, wie sie sagten, und es auch noch lustig fanden.
Und wie wir gerade ins Hotel hineinspazieren, kommt der Rüdiger heraus, gefolgt von seiner Frau und deren Eltern, die alle drei unablässig auf ihn einschimpften, und es ging um die Eintrittskar-

ten für den Gottschalk, die ich dem Rüdiger gerne zurück gegeben hätte.

Ja, und einige Stunden später ließ es sich dann nicht mehr verhindern, und wir fuhren wieder nach Palma, und zwar mit einem Taxi, weil die Frauen sich ihre Kleider nicht im Bus zerknittern oder mit Schokoladeneis verschmieren lassen wollten.
Und nun saßen wir in der Stierkampfarena, und der Gottschalk kam auf die Bühne, und er trug eine hirschlederne Trachtenhose, und sein erster Gast war der Jauch, der ebenfalls in einer hirschledernen Hose auf die Bühne trat, und als die erste Wette gespielt wurde, bei der ein Kandidat mit verbundenen Augen hintereinander fünf verschiedene alkoholfreie Biere trank und seine Wette verlor, und anschließend der Wolfgang Petry auf der Bühne erschien, bekam ich Angst und sagte zur Marie, ja, und ich durchlebte gerade ein Déjà-vu und würde lieber gehen, und sie könnten mich im Anschluss aus einer netten Bierbar abholen, und ich stand auf, und dann sagte der Gottschalk, ah, und da wäre ja schon jemand, und die Schweinwerfer geleiteten mich auf die Bühne, und der Jauch sagte, er kenne mich, und ich käme doch aus Passau, und ich erwiderte erbost, nein, aus Paslam, und er sagte, ach ja, richtig, und St. Erna.

Am Sonntagabend, als wir wieder daheim in Paslam waren, bin ich gleich hin zum Berti, ihn zu besuchen, und er fragte, ja, und wie es denn so gewesen sei in Mallorca, und ich sagte, Berti - es war ein Traum.

Wie ich an einem Geschlechtsarbeitskreis teilgenommen habe

Ja, und dann fragte mich die Marie, was zum Zeitpunkt der Fragestellung seit über 20 Jahren meine Frau war, ob ich überhaupt wüsste, wann wir, also sie und ich, das letzte Mal.
Das letzte Mal - fragte sie, ob ich es noch wüsste, wann es gewesen sei, dass ich zu und mit ihr.
Wenn Sie verstehen, was ich meine.
Und ich sagte, ja, sicher wüsste ich es, das war doch erst neulich, um Ostern herum, und da sagte die Marie, ja, siehst du, und jetzt ist Februar.

Und dann hat die Marie gesagt, sie hätte es in einem Frauenjournal gelesen, dass unsere Beziehung, was das Geschlechtliche angehe, in einer tiefen Krise steckte, die, um unsere Beziehung noch zu retten, baldigst beendet werden und ich an mir arbeiten müsse.
Aber Marie!, sagte ich, genau das ist es doch, was unsere Beziehung auf diesem Gebiet so belastet - es ist die Arbeit! Jeden Tag der Stress im Büro, und dazu die vielen Ehrenämter in Paslam, also der Kirchenrat, die Tätigkeit als Vergnügungswart bei der Lokomotive Paslam, die Freiwillige Feuerwehr, der Trachtenverein und dazu die gesellschaftlichen Verpflichtungen, als da wären die Tarockabende.

Aber das hat die Marie nicht gelten lassen und hat gesagt, dass es so in vielen Langzeitbeziehungen zuginge, und dass die besonders anfällig für Ausfälle der geschlechtlichen Aktivitäten seien, weil die Männer, wenn sie glauben, den ihnen von der Natur erteilten Auftrag zur Arterhaltung erfüllt zu haben, sich aus ihren Frauen, oder aus deren geschlechtlichen Interessen, also - dass sie sich zurückzögen, die Männer, aber das zu einem Zeitpunkt, an dem gerade die Frau, die dann an der Schwelle zum Alter steht, sehr viel Zuneigung und Berührung und Zärtlichkeit braucht. Ich hab die Marie dann sofort umarmt und ihr die Wange gestreichelt. Aber das war ihr nicht genug. Und sie hat gesagt, ja, und sie hätte beim letzten PFuPF-Treffen darüber mit der Jutta Gschwendtner und der Krauthofer Kati gesprochen - und ich fragte, was hast du!?, und sie sagte, ja, und bei denen sei es genau so, und sie seien auch sehr unglücklich, was das anginge, und es hätte die Jutta gesagt, dass es in Miesbach einen Arbeitskreis für Geschlechtliches gäbe, und zwar extra für Männer, und es sei dringend erforderlich, dass ich da hin ginge, um unsere Ehe noch zu retten.

Ja, und dann haben unsere Frauen, also die Kati ihren Ferdl, die Jutta den Josef und die Marie mich direkt bei jenem Arbeitskreis in Miesbach, bei dem es um Geschlechtliches ging, und der ausschließlich für Männer war, angemeldet. Und an einem frühen Mittwochabend bin ich dann gemeinsam mit dem Ferdl und dem Josef da hin gefahren.

Ich möchte Sie jetzt nicht langweilen oder verstören oder am Ende gar schockieren mit den Details, mit den Fragen, die dort gestellt, besprochen und beantwortet wurden, möchte Ihnen nicht die Schamesröte ins Gesicht und sie dazu treiben, dieses Buch aus der Hand zu legen und nie wieder aufzunehmen, indem ich von den Rollenspielen berichte, die dort veranstaltet wurden, möchte nicht Zeugnis ablegen über Ratschläge, die uns - allesamt Männer im besten Alter - von einer noch recht jungen und attraktiven diplomierten Geschlechtstherapeutin zur Belebung des ehelichen Verkehrs erteilt wurden, weil es sich dabei größtenteils um unvorstellbare Sauereien handelt, die in einer seriösen Publikation nichts zu suchen haben.

Wir, also der Ferdl, der Josef und ich, sind nach den zwei Seminarstunden schweigend und ein wenig beschämt heimgefahren und haben uns geschworen, das sei der erste und letzte Abend gewesen, den wir an jenem Arbeitskreis teilgenommen haben, obwohl wir uns von der Frau Dr. Burger, die wir „Julia" nennen mussten, bis zum nächsten Mittwoch verabschiedet hatten.

Was soll ich Ihnen sagen. Daheim angekommen, hatte ich ursprünglich vor, noch auf ein Bier oder zwei zum Fröschl zu gehen. Aber die Marie, als ich da war, fragte gleich, wie es denn gewesen wäre beim Arbeitskreis und was wir besprochen hätten. Na, und ich habe sie dann nicht geschont, die Marie. Schließlich war sie es, der ich diesen erschütternden Abend zu verdanken hatte! Und dann habe ich ihr, ohne ein Blatt vorm Mund zu nehmen, von den Fragen und Antworten, von den Rollenspielen und von Julias Ratschlägen und Anmerkungen zu Techniken und Stellungen berichtet. Und dann hatte ich an jenem Abend keine Gelegenheit mehr, noch zum Fröschl zu gehen, fand es aber so schlimm nicht.

Wie meine Marie einmal die Paslamer Tafel e.V. gegründet hat

Ja, und dann hatten wir in Paslam einen Obdachlosen, um den die Marie sich mit der von ihr gegründeten Paslamer Tafel e.V. kümmerte, und das war der Schwertfeger Manfred, der Schwertmanni, wie er allgemein genannt wurde, als er noch ein bürgerliches Leben in Paslam führte, nämlich als Familienvater und Filialleiter der hiesigen Sparkasse, aber nur, bis ihn der Sechser im Lotto traf, und er dann seinen Job gekündigt hat.

Und nun, bevor ich Ihnen weiter vom Manni und seinem gewaltigen Fall berichte, muss ich Ihnen noch etwas vom gesteigerten sozialen Engagement, das seinerzeit von meiner Marie geradezu Besitz ergriffen hatte, erzählen.
Es war zu der Zeit, in der die Marie sich als Hausfrau und Mutter nicht mehr ausgelastet fühlte. Auch durch das einmal monatlich stattfindende Ayurveda-Wochenende in Tölz sowie ihr Wirken im PFuPF fühlte sie sich nicht ausreichend gefordert. Zumal sich das Projekt PFuPF recht schnell überlebt hatte, da sich, von der einen Aktion um den Sturzhammer Ferdl, von der ich Ihnen berichtet habe, die Paslamer Frauen einfach nicht helfen lassen wollten, da sie alles andere als hilflos sind, und ihr Interesse an esoterischen Vorträgen und Aktivitäten war auch eher verhalten.
Kurzzeitig rief die Marie dann noch die Aktion „Füttert die Welt" ins Leben, aber damit konnte sie in Paslam auch niemanden begeistern, mit Ausnahme der Jutta Gschwendtner, doch mit der alleine wurde der Kohl auch nicht fett, beziehungsweise die Hungernden satt.

Ja, und dann meinte die Marie eines abends beim Essen, sie hätte im Paslamer Boten einen Artikel über die Münchner Tafel gelesen, und es wäre doch schön, wenn's auch in Paslam eine Tafel, also die Paslamer Tafel gäbe, die wo sich um Bedürftige und Obdachlose in Paslam kümmern und sie ernähren täte. Und ich sagte, ja, Marie, das stimme schon, aber - ihr soziales Engagement in Ehren - um wen sollte sich denn die Paslamer Tafel bitte sehr kümmern?, es gäbe doch in ganz Paslam keinen Bedürftigen und erst recht keinen Obdachlosen, und die Marie sagte, ja, da hätte ich wohl recht, und dass es recht schade sei.

Ja, und dann schlug das Schicksal hart zu und lieferte der Marie dann doch einen bedürftigen und obdachlosen Menschen, nämlich den Schwertfeger Manni, damals noch Leiter der Sparkassenfiliale in Paslam, hochangesehenes Mitglied des Paslamer Gemeinderates, des Kirchenrates von St. Elke und Vizepräsident von Lokomotive Paslam. Bis er den Sechser im Lotto gewann und bald darauf wirklich alles aus war und er aller Ämter enthoben wurde.

Geld verdirbt den Charakter, sagt der Volksmund und hat wohl damit recht. Aber es sagt der Volksmund auch, Geld stinke nicht. Die Aussagen des Volksmundes zum Geld stehen also somit 1:1. Der Schwertmanni, als er noch Sparkassenchef war, sagte bei Beratungsgesprächen oft, Geld mache zwar nicht unbedingt glücklich, aber es beruhige ungemein. Da wusste er es noch nicht besser, weil er, seine Frau Julia und seine drei Kinder in bescheidenem bürgerlichen Wohlstand in einem schönen Haus in unserer Straße, dem Biermöslweg, lebten. Bis den Manni, wie gesagt, der Lotto-Sechser ereilte.

Es war natürlich ein Wahnsinnshammer, als der Paslamer Bote mit der Schlagzeile aufmachte, dass der Filialleiter eines in Paslam ansässigen Geldinstitutes, Manfred Sch., im Lotto 1,2 Millionen Euro gewonnen habe, und zudem auf der Titelseite noch ein

Foto vom Manni mit einem schwarzen Balken über den Augen zu sehen war. Das mit dem „Sch." und dem „ansässigen Geldinstitut" war natürlich ein Schmarrn, weil sowieso jeder in Paslam den Manni kannte und erkannte, trotz schwarzen Balkens, und weil die Sparkassenfiliale die einzige Bank in Paslam überhaupt ist, aber der Gschwendtner, was ein Redakteur beim Boten ist, hat mir gesagt, ja, und das verlange nun einmal die Berufsehre von einem anständigen Journalisten, dass er mit vertraulichen Informationen und sensiblen Personendaten recht gewissenhaft umgehe, und zum Beispiel im Falle, dass jemand eine Million im Lotto gewinnt, den Namen nicht nenne, um nachher nicht mitschuldig an eventuellen Betteleien aus der Bevölkerung gegen den Glückspilz zu sein. Und das leuchtete mir auch bedingt ein, allein - dem Manni hat es nichts genützt, weil da das Verhängnis schon seinen Lauf genommen hatte und es gar nicht erst zu Betteleien kommen sollte und konnte. Aber ich greife den Ereignissen vor.

Jetzt muss ich den Fortgang der Erzählung um den Manfred Schwertfeger und die Paslamer Tafel einmal kurz unterbrechen, weil ich Ihnen von einem anderen Lottogewinner aus Paslam erzählen möchte, und zwar meinem besten guten Freund, solange er lebte, und Sie ahnen es schon, es handelt sich um den Hubert Mooshammer - meinen Berti.

Der Berti führte ja schon länger als Privatier ein beschauliches und bescheidenes Leben in Paslam, ein Leben für sich und seine Katze, die Sibylle. Mit dem von seinen Eltern ererbten Geld ging er sehr vorsichtig um und gab kaum etwas davon aus, außer für die Dinge des täglichen Bedarfs, wie man so sagt. Und niemand anderes als ausgerechnet mein Berti sagte, als er seinerzeit den Fünfer mit Zusatzzahl hatte und somit rund 80.000 Euro gewann, das Glück scheiße immer auf den dicksten Haufen, und ausgerechnet er hätte gewonnen und würde doch überhaupt gar kein Geld nicht gebrauchen, weil er genug davon hätte.

Ja, so war er der Berti.

Und dann hat er gesagt, er wolle mit dem Geld oder einem Teil davon gerne einmal eine schöne Reise gemeinsam mit mir machen, und was ich davon hielte, und wo ich gerne hinreisen möchte. Und ich sagte, ja, Berti, das sei sehr nett, dass er mich einladen wolle, aber das könne ich unmöglich annehmen, aber wenn er mich fragte, wo ich gerne einmal hin möchte, sagte ich, ich würde gerne einmal nach Mexiko reisen, auf die Halbinsel Yucatán, und mir dort die Bauwerke und die Kultur der Mayas anschauen, wovon ich schon einiges gelesen und gesehen hätte, und es sei sehr interessant.

Und der Berti fragte noch: Was denn für Meyers?, sagte aber, bevor ich es ihm erklären konnte, in Mexiko gäbe es nur Kakerlaken, Verbrecher und tropische Krankheiten, und er, der immer ein bodenständiger Mensch war und den Landkreis Miesbach nur höchst selten und nie allzu weit verlassen hat im Leben, sagte, er hätte eher an eine Reise nach Garmisch, oder, wenn's denn um des Herrgotts Willen unbedingt ins Ausland gehen solle, an Kufstein gedacht.

Leider hat der traurige Gang der Geschehnisse, von denen ich Ihnen schon berichtet habe und noch berichten werde, dann dafür gesorgt, dass es nichts geworden ist mit einer gemeinsamen Reise von dem Berti und mir nach Yucatán, nach Kufstein und nicht einmal nach Garmisch.

Aber ich wollte Ihnen ja vom Schwertfeger Manfred und der Paslamer Tafel erzählen, und nicht vom Berti.

Was soll ich Ihnen sagen. Kaum hatte der Schwertfeger, dieser Mensch, der so brav und bieder war, wie es nur ein bayrischer Sparkassenfilialleiter sein kann, die 1,2 Millionen - es waren natürlich nicht genau 1,2 Millionen, sondern sogar noch einige Zehntausender, Tausender, Hunderter und ein Essen für eine vierköpfige Familie beim Burger King drauf, aber das spielt keine große

Rolle, außerdem wäre es für mich sehr anstrengend, wenn ich jedes Mal bei Erwähnung der Gewinnsumme schreiben müsste, dass der Manni 1.237.457,20 Euro gewonnen hat, und für den Fortgang meiner Geschichte ist das Kleingeld sowieso unwichtig, weil es der Manni genau so schnell durchgebracht hatte, wie das Großgeld. Also - kaum hatte der Manni das Geld auf dem Konto, da war es schon wieder weg. Und darüber hinaus war noch viel mehr weg.

Man weiß es bis heute nicht, was alles geschehen ist mit dem Manni. Er hat nie groß darüber gesprochen. Aber die wesentlichen Details, die zu seinem privaten Bankrott führten, kann man sich schon zusammenreimen.

Fest steht, dass er, nachdem er seine Stellung bei der Sparkasse fristlos gekündigt hatte, sich von seiner Julia und den Kindern verabschiedet und auf den Weg nach München gemacht hat. Dort, so erklärte er seiner Julia, wolle er sich um geeignete Anlageformen des Gewinnes kümmern, was für ihn als erfahrenen Banker eine Kleinigkeit, aber besser in München als in Paslam zu bewerkstelligen sei, da in München die großen privaten Bankhäuser wie Merck und Finck, Lampe, Ellwanger und andere Geldhäuser, die mit der Verwaltung und Vermehrung eines Millionenbetrages sicherlich professioneller umgingen als eine Sparkasse in Paslam, ansässig wären.

Die Julia war schon ein wenig verwundert und beunruhigt, vor allem über die ihrer und unser aller Meinung nach voreilige Kündigung seiner schönen Stellung bei der Sparkasse, bei der ihr Mann schon seit der Lehrzeit, also seit gut dreißig Jahren, gearbeitet hatte. Aber, so hat die Julia meiner Marie später, als alles zu spät war, erzählt, er, ihr Manni sei nicht abzubringen gewesen und hat gemeint, von 1,2 Millionen, gut angelegt, können sie allein von den jährlichen Zinserträgen gut leben und müssten sich zukünftig nie mehr um die Zukunft sorgen.

Ich mache es nun kurz. Eine Woche später, der Manni hatte sich zwischendurch gelegentlich telefonisch bei der Julia gemeldet und sie zu beruhigen versucht und jedes Mal gesagt, es sei sowieso alles in Ordnung und bald wäre das ganze Geld gut angelegt und er käme heim, kam er auch heim. In einem roten Lamborghini und einem Seidenanzug, der farblich auf den Lack des italienischen Boliden abgestimmt war. Für die Julia und die Kinder hatte er allerhand Edelkleidung, Schmuck und Uhren gekauft, die von einem Taxi geliefert wurden, weil ein Lamborghini ja nur einen recht kleinen Kofferraum hat.

Und da war die Julia schon völlig aufgelöst, weil sie in etwa wusste, was ein neuer Lamborghini kostet, denn der Manni war immer schon Auto-Bild-Abonnent gewesen und hat ihr daraus oft vorgelesen. Und dann hat es einen Streit gegeben, weil die Julia meinte, ihr Vectra hätte es noch getan und der Manni würde sie alle in den Ruin treiben, womit sie völlig richtig lag. Denn noch selbigen Tages erschienen drei recht kräftig gebaute und slawisch-finster dreinblickende Herren bei den Schwertfegers, und die nahmen den Lamborghini mit, und den Schmuck und die Uhren auch.

Und vier Wochen später sollten die Schwertfegers ihr Haus spätestens geräumt haben, weil der neue Besitzer, an den der Manni es beim Poker, und zwar beim „Texas Hold'em", verloren hatte, das Haus seinem Sohn und dessen Familie geschenkt hatte, und die wollten und sollten es nach der Galgenfrist von vier Wochen beziehen.

Damit aber immer noch nicht genug. Die Julia war sofort mit den Kindern zurück nach Aying zu ihren Eltern. Der Manni kriegte natürlich seine alte Stellung nicht wieder. Schlimmer noch, mit dem Makel des Millionenvernichters gezeichnet, bekam er überhaupt keine Stellung mehr. Nach einer kurzen Sperrfrist stand ihm zwar Arbeitslosengeld zu, aber das würde für den Unterhalt an die Julia und die drei Kinder dahin gehen, und für die Ratenzahlungen, welche von den drei slawischen Finsterlingen immer am Anfang eines Monats kassiert werden sollten.

Wenn es also einen Menschen in Paslam gab, der bedürftig war und kurz davor stand, obdachlos zu sein, so war es der Manfred Schwertfeger. Und so wurde der Manni erster und einziger Klient meiner nun hocherfreuten Marie und der von ihr gegründeten Paslamer Tafel e.V.

Die Marie wurde sofort aktiv. Tagelang telefonierte sie immer wieder mit allen in der Gegend ansässigen Firmen und Institutionen, also mit dem Tumm, was unser Edeka-Händler ist, und mit dem Vivo in Paslam auch, und mit dem Wimmerl, der die Hand auf der Kasse von St. Elke hat, mit der Paslamer Aral-Tankstelle vom Abdul Habibi und mit dem Roten Kreuz und sogar mit dem Fröschl und dem Ochsen-Toni. Dann fuhr sie in der Gegend herum und diskutierte und sammelte Lebensmittel und Kleidung. Und nach wenigen Tagen schon stapelten sich in unserer Garage Würstchengläser, Konservendosen, H-Milch- und Safttüten, Knäckebrot und säckeweise Kleidung. Damit nicht genug, sammelte die Marie auch in den Nachbargemeinden, in Neuhaus und Schliersee, und bald war unsere Garage bis an den Rand gefüllt, und die Marie begann, die Verteilung der Waren und Güter an die Bedürftigen Paslams, also an den Manfred Schwertfeger, zu planen.

Mittlerweile hatte sich das ärgste Problem des Manfred Schwertfeger aber schon von selbst gelöst, gewissermaßen. Weil, der Toni hatte ja das freie Zimmer über der Gastwirtschaft, das er vorübergehend als Gästeunterkunft angeboten hatte. Ja, und dieser

Raum war leer und unbenutzt, und der Toni, der von des Mannis nicht ganz unverschuldetem Glück und Unglück gehört hatte, ging zum Manni, der vor seinem ehemaligen Haus auf dem Bürgersteig auf Koffern und Tüten mit Kleidung und einigen persönlichen Dingen darinnen saß, und bot geradezu selbstlos dem Manni, der zwar eher selten Gast beim Toni gewesen war, den Fröschl in dessen Geldangelegenheiten aber stets gut beraten hatte, an, zunächst eben jenes Zimmer zu beziehen, bis er etwas Besseres gefunden hätte. Ja, und wenn er denn unbedingt etwas tun wolle, um eine gewisse Miete für das Zimmer und die Badbenutzung zu bezahlen, wie es der Manfred unter Tränen forderte, fänden sich sicherlich Arbeiten in der Küche oder hinter der Theke, oder dass der Manni auch einmal Besorgungen mache für den Toni, und dafür würde er dann aber neben der Logis auch noch freie Kost bekommen.

Ja, und so haben die es dann auch gemacht. Der Manni hat die kleine Kammer bezogen, und hat gezapft und gekellnert, und auch schon einmal einen Leberkäse aufgewärmt und die Gaststube ausgefegt, wenn die letzten Gäste gegangen waren. Und morgens ist er in der Herrgottsfrüh zum Großmarkt nach Holzkirchen gefahren und hat Gemüse und Fleisch für den Toni gekauft. Und dafür durfte er umsonst beim Ochsen wohnen und so viel essen und trinken, wie er wollte. Und immer, wenn die Marie beim Manni vorstellig werden wollte, um ihm die gesammelten Lebensmittel und Kleidungsstücke zu übergeben, war der Manni gerade beschäftigt oder abwesend oder musste nach einer kurzen Nacht die Ruhe im Zimmer nutzen und ein paar Stunden schlafen.
Und am Ende der ersten Woche beim Toni hatte der Manfred sogar ein paar Euro an Trinkgeld zusammengespart. Und wissen sie, was der Riesenhammel, der geselchte, mit dieser Hand voller

Münzen gemacht hat? Er hat Lotto gespielt, dieser Megadepp, dieser unbelehrbare!

Und mit dem Gewinn hat der Manni dann die Pokerschulden bezahlt, einen Tabakwaren- und Zeitungsladen in Agatharied übernommen und eine Eigentumswohnung in Hundham angezahlt, in die dann auch bald seine Julia mit den Kindern eingezogen sind.

Mein Berti, wie er davon erfuhr, hat dann gemeint, ja, und manchmal würde der Teufel eben doch auch in ein tiefes Loch scheißen, und er sei immer so übel nicht, der Teufel, und dass er, der Berti, es den Papst in Rom wollte wissen lassen, damit dass der Heilige Vater sein Weltbild vielleicht ein wenig korrigiere. Aber da der Berti immer recht beschäftigt war, hat er es wohl doch vergessen dem Papst zu sagen.

Und meine Marie hat jene der Lebensmittel, die noch nicht verdorben waren, zur Münchner Tafel nach München gebracht, die verdorbenen dem Landsberger Luis für dessen Schweine überlassen, die Paslamer Tafel e.V. als aufgelöst erklärt, und Trost, Betätigung und Bestätigung im Tai Chi und im Feng Shui gesucht und gefunden.

Wie meine Marie eine höhere Bewusstseinsstufe erlangte

Und dann sagte die Marie, ja, und sie täte jetzt ein Tai Chi machen, und ich sagte, meinetwegen solle sie, aber mir käme ein Tai Chi nicht auf den Teller, weil ich meinem Magen keine Sojabohnenkeimlinge, keine Bambussprossen und auch keine

Und dann unterbrach mich die Marie aber schon und sagte, ich sei ein Ignorant, und Tai Chi sei nix zum Essen, sondern eine uralte, aus China stammende Art von Kampfsport, die aber heute meditativ betrieben wird, um den Geist zu reinigen, und die Energieströme des Geistes und des Körpers

Und dann unterbrach aber ich die Marie, und bemerkte sogar, dass ich schon ein wenig erregt war, und sagte, ja, und sie solle mich nur in Ruhe lassen mit ihrer fernöstlichen Esoterik, und es seien ihr Tai Chi und ihr Ayurveda und ihr Yin und auch ihr Yang eine einzige und große Quacksalberei, die überhaupt nur wirken täte, wenn man daran glaubt, und dass es für mich, sagte ich immer lauter werdend, unvorstellbar sei, wie ein halbwegs zivilisierter und gebildeter Mensch an einen solchen asiatischen Zinnober glauben und sogar sein Leben danach ausrichten könne, wo wir aufgeklärten Mitteleuropäer doch Antwort auf alle Fragen und auch eine Meditation und sogar eine Reinigung des Geistes und eine Läuterung der Seele in jeder Kirche finden täten. Jedenfalls in der katholischen.

Einige Tage nach diesem Disput wachte ich frühmorgens auf, es dämmerte soeben, und ich sah, dass die Marie nicht mehr im Bett lag. Und ich suchte sie im ganzen Haus und rief sie und fand sie nicht. Nicht, dass ich mir ernsthaft Sorgen machte, aber ein wenig erstaunt und beunruhigt war ich doch. Und grad, wie ich - darauf vertrauend, dass die Marie sich wieder einfinden werde - zurück ins Bett und noch ein Stündchen schlafen wollte, fiel es mir auf, dass aus unserem Garten kein Vogelsang durchs geöffnete Fenster drang, wie es sonst zu dieser Tageszeit üblich war.

Und dann schaute ich durchs Fenster in den Garten hinunter und sah meine Marie beim Tai Chi. Und da wunderte es mich nicht, dass sich alle Vögel aus unserem Garten davon gemacht hatten. Denn das, was die Marie dort auf dem Rasen, bekleidet mit einem Trainingsanzug, trieb, sah aus, als bewege sich eine Vogelscheuche sanft im Herbstwind. Auch hatte es Ähnlichkeit mit einem flügellahmen Pelikan oder Albatros, oder mit einem sehr alten oder sehr betrunkenen Körperversehrten, der zu Tanzen versucht. Und ich rief zum Fenster hinaus in den Garten hinunter, sie solle, die Marie, nur darauf achten, dass sie sich nicht das Kreuz oder die Haxen verrenke oder am Ende gar abheben und fortfliegen täte, was sehr schade wäre, wo ich mich doch so an sie gewöhnt hätte, und ich habe dann sehr gelacht - die Marie allerdings nicht, soweit ich das unter den gegebenen Lichtverhältnissen erkennen konnte.

Und als ich dann eine Stunde später endgültig aufstand, hatte die Marie bereits gefrühstückt und für mich kein Frühstück bereitet. Und da ahnte und fürchtete ich erstmals, dass etwas zwischen meiner Frau und mir stünde, und zwar etwas, das seinen Anfang vor Jahren in Bad Tölz genommen hatte.

Ich habe Ihnen ja schon gelegentlich von der Marie ihren Wochenenden in Tölz erzählt, bei denen sie und andere Frauen von einer Art Mönch mit warmem Öl übergossen wurden, die Fußsohlen massiert bekamen und das ganze Wochenende nichts zu sich nahmen als einige Tassen warmen Wassers mit ein paar Ingwerschnitzeln darinnen. Mir war das egal, mehr noch - es war mir recht. Hatte ich doch an jenen Wochenenden meine Ruhe und den Berti, der mein bester guter Freund war, solange er lebte, und der sich nur zu mir ins Haus traute, wenn die Marie nicht da war, weil sie ihm unser Haus verboten hatte. Und es waren immer sehr gemütliche und auch lustige Wochenenden, gefüllt mir guten Gesprächen zwischen dem Berti und mir. Und wenn die Marie dann am Sonntagnachmittag aus Tölz zurück kam, war ich mindestens so entspannt und erholt wie sie, obwohl ich kein warmes Wasser getrunken hatte. Aber wenn ich geahnt hätte, welche Folgen diese Wochenenden zeitigen würden, welche Veränderungen die Marie durch das Ayurveda und dessen Folgen an Leib und Seele nehmen würde, und wie sich ihr transzendentes Treiben auf unser Familienleben auswirken sollte, hätte ich die Wochenenden lieber mit ihr in Paslam verbracht.

Und als ich an jenem Abend von der Arbeit heimkam, fand ich unser Haus sehr verändert vor. Kaum ein Möbel stand noch dort, wo es am Morgen gestanden hatte; die Marie hatte alles umgeräumt. Überall im Haus hingen Windspiele herum, dazu hatte die Marie Fotos von Seen und Flüssen aufgehängt, Kristalle lagen auf Schränken und Tischen herum, goldbemalte Steine lagen in den Zimmerecken und es roch wie in einer Opiumhalle. Was das solle, und was hier geschehen sei, fragte ich die Marie, und sie sagte, ja, und dass sie gespürt hätte, wie meine Energien blockiert seien, und dass es höchste Zeit wäre, mein Chi wieder zum Fließen zu bringen, damit dass ich mir ihr gegenüber nicht noch einmal so garstig verhalten würde wie in der Früh. Und dass sie bald daran gehen würde die Zimmer neu zu streichen, weil die Farben im Feng Shui eine wesentliche Rolle spielen täten, und sie hätte an ein schönes Orange im Wohnzimmer und ein Apricot im Schlafzimmer gedacht, und ich sagte aber, ich hätte das Wohnzimmer doch gerade erst vor einem Jahr geweißt, und es wäre nicht nötig, dass die Marie es nun mit ihrem Feng Shui überziehen täte.

Und dann sagte die Marie, sie habe sich seit einiger Zeit, immer, wenn ich mit meinen Spießgesellen - jawohl, sie nannte meine

Freunde tatsächlich „Spießgesellen"! - im Wirtshaus gehockt und gesoffen habe, mit Feng Shui beschäftigt, und es hätte ihr die Augen geöffnet und ihr ein ganz anderes Bewusstsein und auch ein neues Selbstbewusstsein gegeben, und dass sie nun nicht mehr nur Hausfrau sein sondern sich einbringen wolle, und zwar in die Gesellschaft, gewissermaßen, und das als Feng-Shui-Beraterin. Und dann habe ich gesagt, ja, das könne sie ruhig machen, solle mich aber mit dem Hokuspokus verschonen, und spitzte insgeheim schon darauf, dass ich mich dann öfter mit dem Berti treffen könnte, wenn die Marie ihren Feng Shui unter die Leute bringt.

Und dann bin ich endlich hinauf in mein Arbeitszimmer gegangen, um meine Aktentasche dort abzustellen und die Zeitung zu lesen, und war aber sofort wieder heraus aus meiner Kammer und fragte die Marie, was in Gottes Namen sie mit dem Raum angestellt hätte. Und die Marie sagte, ja, und ich solle mich nicht schon wieder aufregen, auch dort hätte sie umgeräumt, damit das Chi besser fließen könne und ich nicht immer so blockiert sei, und wo sie schon dabei war, habe sie auch einiges von dem alten Gerümpel, das dort herumlag und -stand, zur Müllstation gebracht, weil nämlich ein Haus ein lebender Organismus sei, und so alte Dinge, die aus Gewohnheit oder Bequemlichkeit herumliegen würden, wie zum Beispiel die verstaubten Stapel uralter Comichefte, die ich sowieso nie wieder lesen würde, oder der alte wacklige Stuhl, auf den ich immer meine Füße legte, wenn ich in meinem Lesesessel saß, und den ich von meinem Großvater bekommen hätte - solche alten Dinge seien gewissermaßen verantwortlich für die Störungen im Organismus eines Hauses und somit Auslöser mannigfaltiger Blockaden in den Energieströmen der Hausbewohner. Und dann fuhr mein Chi Achterbahn.

Sie - ich weiß nicht mehr, wann ich zum letzten Mal einem Menschen gegenüber so laut gewesen bin, wie zu meiner Marie an jenem Tag in meiner Kammer. Ich glaube, so laut bin ich überhaupt nur ein einziges Mal in meinem Leben gewesen. Und zwar als seinerzeit der Gerd Müller das entscheidende und einzige Tor im Freundschaftsspiel gegen Lokomotive Paslam erzielte, nämlich in der ersten Minute, und das dann wegen befürchteter Ausschreitungen - schließlich waren sowohl ich als auch alle anderen Paslamer Anhänger auf unseren Fußballplatz gestürmt, dem Schiedsrichter, dem elendigen Bazi, klar zu machen, dass es ein Abseitstor gewesen sei - beim Stand von also 0:1 abgebrochen wurde. Ja, damals war ich hernach einige Tage heiser, weil ich dem Schiedsrichter dermaßen lautstark meine Meinung gegeigt hatte.

Und nachdem ich die Marie so richtig zusammengestaucht und sie sich tränenüberströmt ins Schlafzimmer geflüchtet hatte, bin ich dann direkt zum Fröschl, wo meine Spießgesellen schon hockten. Und dem Ferdl fiel es sofort auf, dass mir etwas die Petersilie zernagelt hätte, und ich erzählte von der Marie ihrer Bewusstseinserweiterung und dem Chi, das aus unserem gemütlichen Heim ein Kasperltheater machen würde. Und der Berti sagte, ja, und ich solle nur darauf acht geben, dass die Marie am Ende nicht gar noch die Sozialdemokraten wählen würde, weil die Jutta Gschwendtner auch ihre esoterischen Tendenzen hätte, oder schlimmer noch, dass die Marie gar die Grünen, die das Chi in ihrem Parteiprogramm hätten, wählen täte, und dann wäre es bis zur Anarchie nicht mehr weit und sie würde mich aus dem Haus werfen. Da aber sagte ich, da sei Gott vor, und dass ich unser Haus niemals nicht verlassen täte, und ich würde ihr, der Marie, schon zeigen, wer darin der Herr sei.

Und der Fröschl berichtete dann von einer Bekannten, der Fachinger Lore, die sehr unausgeglichen, nervös und schon beinahe hysterisch gewesen sei, und darum den Rat einer Feng Shui Expertin gesucht hatte. Und die Expertin hätte dann auch das ganze Haus umgekrempelt und mit ihrem Brimborium ausstaffiert und mit Räucherstäbchen ausgeräuchert, und tatsächlich sei es der Lore dann sehr bald besser gegangen, was er, der Fröschl, aber darauf zurückführte, dass der Herbert, was der Lore ihr Mann war, das Feng-Shui-Haus verlassen und sich in einem anderen Ort eine kleine Wohnung genommen hatte.

Was soll ich ihnen sagen. Die Marie hat sich dann sehr intensiv mit Feng-Shui beschäftigt und wurde tatsächlich bald eine Beraterin dafür. Zunächst hatte sie noch unentgeltlich die Wohnungen und Häuser einiger Bekannter und Nachbarn in Paslam esoterisch verbrämt, den Perlingers, die am Ortsrand von Paslam neu bauen wollten, sogar wichtige Tipps bezüglich des Bauplatzes und der optimalen Ausrichtung des darauf zu errichtenden Hauses gegeben. Schnell hatte sie sich einen Ruf, und zwar einen guten, in ihrer Profession erarbeitet und wurde immer häufiger weiter empfohlen und ließ sich bald für ihre Tätigkeiten entlohnen. Ob die Kristalle, die goldbemalten Kiesel, die Windspiele tatsächlich auch nur in einer einzigen Wohnung die Geister gnädig gestimmt und Energieströme positiv beeinflusst haben - ich weiß es nicht. Ich jedenfalls habe den Einzug von Feng-Shui wenn auch nicht in unserem ganzen Haus, so doch wenigstens in mein eigenes Zimmer verhindern können. Denn ich, so erklärte ich der Marie dann abschließend und endgültig, würde an ihren ganzen östlichen Seelengeisterfirlefanz nicht glauben und mir am End' von ihr gar noch das Kruzifix, das über meinem Schreibtisch an der Wand hängt, nehmen lassen.

Wie wir den Berti beerdigt haben

Zwar habe ich Ihnen seinerzeit vom Ableben meines besten guten Freundes berichtet, aber nicht von dem, was sich danach um ihn und mich ereignete.

Da stand ich nun, im Gartenhaus, und vor mir auf dem Zementboden lag der Leichnam des besten Menschen, den ein Mann als Freund zu haben sich nur wünschen kann.

Um den Berti herum wuselten noch Beamte und Mediziner, ums Gartenhäuserl herum stand die Nachbarschaft, und der Gschwendtner war da und stellte Fragen und wollte ein Foto machen, und ich sagte zu ihm, Josef, sagte ich ganz leise, und noch eine Frage und nur ein einziges Foto - und du liegst gleich neben dem Berti, und das hat sogar er begriffen, der Überhirsch, der journalistische, und auch der Wimmerl, der so manche Maß gemeinsam mit dem Berti geleert und so manchen philosophischen Disput mit ihm, dem Verstorbenen, ausgefochten hatte, war zugegen und konnte es nicht fassen, dass der Berti sein Leben fortgeworfen hatte.

Ich war es dann, weil kein einziger Verwandter vom Berti zugegen war, denn er hatte ja kaum welche, und die, welche es gab, hätte er bestimmt nicht um sich haben wollen in jenem Moment, ich war es also, der nun etwas tun musste, was ich bis dahin nur aus Filmen mit Bruce Willis kannte, wenn dem mal wieder ein guter Freund ermordet worden war: Ich schloss meinem besten guten Freund, dem Hubert Mooshammer, genannt Berti, die Augen.

Und dann hieß es, den Berti unter die Erde zu bringen, was sich einfach anhört, aber so leicht nicht ist. Sterben tut sich's von alleine, zum Beerdigtwerden braucht's immer mehrere.

Für mich war es sofort selbstverständlich, dass ich - in Ermangelung zahlender Verwandter - die Kosten für des Bertis Heimgang tragen würde, was meine Marie nicht gerade in Begeisterung versetzte, um es vorsichtig zu formulieren. Obwohl sie zu dem Zeitpunkt schon in esoterischen Zonen schwebte, empfand sie es geradezu als unverantwortlich, wie ich mit unserer Altersvorsorge umging, indem ich sagte, ja, und der Berti würde einen Sarg vom Feinsten und einen Grabstein für die Ewigkeit bekommen, und bei dem Leichenbegängnis im Ochsen sollte niemand hungrig oder auch nur halbwegs nüchtern nach Hause gehen. Und es sollte mich dann auch - und ich erwähne das jetzt schon einmal, weil ich ahne, dass einige von Ihnen sich dafür interessieren - letztlich in etwa einen neuen Kleinwagen, und zwar ein deutsches Fabrikat!, kosten, den Berti anständig unter die Erde zu bringen, was mir egal war, aber der Marie eben nicht, was mir aber auch egal war.

Entgegen meiner ursprünglichen Absicht, Sie über Details der Vorbereitungen zum Begräbnis vom Berti zu informieren, lasse ich es nun doch sein und erzähle nur so viel: In Miesbach erstand ich für den Berti einen Sarg aus garantiert bayrischer Eiche, und vom Steinmetz in Schliersee ließ ich des Bertis Namen sowie sein Geburts- und Todesdatum in bronzenen Lettern in einen Fels aus den Paslamer Alpen - wie vom Herrgott geschaffen, das Grab eines großen Mannes zu bewachen - schlagen.

Ja, und dann gab es einen Streit mit dem Wimmerl und meinen Kollegen vom Kirchenrat von St. Elke, weil sie den Berti am äußersten Rande des Gottesackers von St. Elke beerdigen wollten, nahe der Drahtkörbe, in denen vergammelte Grabgestecke, verwelkte Blumen und vertrocknete Büsche ihres Abtransportes harren, und bei den herausgerissenen und zerschlagenen Grabsteinen, dort, gleich neben diesem Schrottplatz menschlicher

Vergänglichkeit, wollten sie den Berti begraben, weil er, der Hubert Mooshammer, Hand an sich gelegt und dem Herrn genommen habe, was des Herrn ist, hat der Wimmerl gemeint, und die Deppen vom Kirchenvorstand haben dazu genickt.

Sie - da war's dann aber aus mit meiner gelegentlich schon beinahe pathologischen Ruhe.

Es wäre der Berti ein gottesfürchtiger Mensch in Wort und Tat gewesen, wie man ihn kaum noch fände auf der Welt, und selbst in Bayern und sogar in Paslam wären solche Menschen immer seltener anzutreffen, schleuderte ich den Beerdigungsbürokraten entgegen, und schlug dabei auf den Tisch, dass das Kruzifix an der Wand wackelte! Dass es kein Gebot gäbe, gegen das der Berti jemals auch nur annähernd verstoßen hätte, führte ich aus, und zwar so laut, dass die Irene Scherer die Fenster schloss! Dass er zeitlebens ein großzügiger und wohltätiger Mensch gewesen sei, mein Berti, der sogar seinerzeit aus eigener Tasche die Reparatur der Hauptglocke von St. Elke bezahlt und darauf bestanden hatte, dass sein Name nicht genannt wird, rief ich den nun stiller Werdenden ins Gedächtnis! Dass er beim Grillfest auf dem vereisten Paslamer Waldsee einmal dem halben Dorf das Leben gerettet hat und nicht einmal einen Dank hat annehmen wollen dafür, weil er nur seine Christenpflicht getan hat, rief ich dem nun schon wankenden Rat in Erinnerung. Und wie beiläufig erwähnte ich dann noch, dass der Berti in der Nacht auf Sonntag zwar oft sturzbetrunken gewesen sei, aber - so betrunken, wie er auch war, es nie versäumt hat, die Frühmesse am Sonntag zu besuchen - und da hatte ich gewonnen.

Es stimme schon, pflichtete man mir nun bei, der Berti hätte wohl niemals nicht an einem Sonntag die Messe versäumt, und oft genug sei er direkt vom Fröschl oder vom Ochsen gekommen, den Herrn zu loben und ihm seine kleinen Sünden zu beichten, und einem solchen Menschen solle man doch aus seiner letzten und wohl einzigen Verfehlung keinen Strick nicht drehen und ihn ins Abseits stellen, gewissermaßen.

Und dann seufzte der Wimmerl und sagte, ja, und in Gottes Namen, und dann kommt der Berti halt zu seinen Eltern ins Grab, die dort schon seit vielen Jahren dem Jüngsten Tag entgegenschlummern.

Und dann war er da, der Tag, an dem ich mich vom Berti verabschiedet habe, und gemeinsam mit mir fast halb Paslam.

Nur meine Marie, die war nicht dabei.

Es hatte sich unsere Beziehung unter dem Einfluss von Feng Shui und Tai Chi dramatisch verändert, und zwar sehr unharmonisch. Das hatte sogar schon dazu geführt, dass sie mich mitsamt der Kinder verlassen hatte, wenige Tage zuvor, allerdings ohne viel Gepäck. Doch auf Anraten ihrer Mutter und meines diplomatischen Zutuns kehrte sie bereits wenige Stunden später aus dem Exil heim, mitsamt dem Ludwig und dem Liesl.

An jenem Tag aber spitzte sich unsere familiäre Situation erneut zu, in dem die Marie erklärte, sie habe eine Feng-Shui Beratung in Hausham durchzuführen, für die sie sogar Geld bekäme, und das könne sie nicht einfach so verschieben, gerade jetzt, wo ich das Ableben meines Spezerls, der mir ja sowieso immer schon wichtiger als wie meine Familie gewesen sei, zum Anlass nähme, mit den schrägsten Individuen und größten Hallodris und Säufern Paslams eine Mordsparty zu feiern und dabei unsere, also ihre und meine, Ersparnisse und Altersvorsorge und das Erbe unserer Kinder auf den Kopf zu hauen, sagte sie in einem Ton, den ich so von ihr noch gar nicht kannte, und ich hatte durchaus den Eindruck, dass sie es so sagte, wie sie es meinte. Und umgekehrt.

Um es kurz zu machen - es war ein würdiges Begräbnis. Der Wimmerl hielt eine schöne Rede auf den Berti, und der Fröschl - was ich ihm niemals zugetraut hätte, hat noch in der Kirche vorm

Sarg einige Worte über den Verstorbenen gesprochen, die mir die Tränen aus den Augen getrieben haben. Ja, und dann hat die große Glocke von St. Elke geschlagen und dem Berti den letzten Weg gewiesen, und wir sind ihm gefolgt bis zu seiner letzten Ruhestätte, und der Spielmannszug, der nun ohne seinen Triangelspieler - denn das war er ja mit Leib und Seele gewesen, der Berti! - auskommen musste, spielte des Bertis liebstes Kirchenlied

Jesu, geh voran
Auf der Lebensbahn!
Und wir wollen nicht verweilen,
Dir getreulich nachzueilen ...

Und dann ließen sie den Sarg hinab und mir war es vergönnt, als der beste Freund des Verstorbenen und weil niemand von seiner ohnehin zahlarmen Verwandtschaft da war, als Erster nach dem Wimmerl dem Berti etwas Paslamer Erde auf den Sarg zu werfen, und dann verlor sich der Rest des Tages in einer ausufernden Feier beim Ochsen, an der mein Berti - da waren und sind wir, die dabei gewesen sind, uns sicher - eine helle Freude gehabt hätte.

Und am nächsten Tag ging es mir gar nicht gut, und das beredte Schweigen meiner Gattin, das nun bis kurz vorm Ende dieser Geschichte anhalten wird, machte es auch nicht besser.
Und es brachte aber der Postbote einen Brief vom Notar Doktor Svoboda aus Schliersee, und ich solle mich dann und dann in seiner Kanzlei einfinden, zur Eröffnung des Testaments vom verstorbenen Mooshammer, Hubert, aus Paslam, und ich wusste gar nicht, dass der Berti ein Testament gemacht hatte, weil ich ja auch nie damit gerechnet hatte, dass der Berti einmal sterben würde. Und dann ging ich einige Tage später zum Svoboda hin und es war niemand da außer ihm und mir, und ich musste mei-

nen Personalausweis vorlegen und dann las der Svoboda des Bertis letzten Willen und Testament vor, und der hatte im Vollbesitz seiner geistigen Kräfte erklärt, der Berti, dass ich, sein bester guter Freund, den er jemals hatte, und genau so - genau so, wortwörtlich! hatte es der Berti formuliert! - dass ich, sein bester guter Freund, den er jemals hatte, alles erben solle, sein Haus und sein Grund und alles was darin und darauf ist, und die Aktien, die der Berti schon von seinen Eltern selig geerbt hatte, und auch sein Geld, von letzterem möge ich aber im Andenken an seine geliebte Sibylle, die kurz vorm Berti gestorben war, dem Tierschutzverein etwas abgeben.

Und dann kam ich heim und habe mich aber gar nicht gefreut, obwohl es sehr viel Geld und Wert war, das ich geerbt hatte, und ich war sehr erstaunt, dass es so immens viel war, weil, ich wusste zwar, dass der Berti kein Armer war, aber über Geld haben wir niemals nicht geredet - niemals!, und ich dachte noch, das sei möglicherweise genug, um wie der Berti ein Leben als Privatier zu führen, aber ich hätte doch lieber den Berti gehabt als wie sein Geld, weil - was sollte ich mit so viel Geld, wenn ich keinen Freund habe, mit dem ich es ausgeben kann, und ich wäre gerne mit dem Berti - und hätte ihn eingeladen! - einmal an den Chiemsee oder nach Passau oder sogar bis nach Nürnberg gefahren, dass er auch einmal etwas sieht von der Welt, von der er niemals so recht hat wissen wollen, der Berti, weil er immer gesagt hat, Paslam, das sei seine Welt, da kenne er sich aus und mehr brauche er nicht. Und wie ich nach Hause komme, war eine Veränderung vorgegangen im Haus, ich spürte das sofort, so wie man es spürt, wenn man in einen Raum kommt und eine Uhr, die dort seit Jahren hing und leise tickte, nicht mehr tickt, und der Ludwig, mein Ludwig, der schon ein großer war und aber immer mein kleiner Ludwig bleiben wird, der war da, und das kleine Liesl war auch da, und die Marie war da, und alle hatten Jacken an, als wollten sie gleich das Haus verlassen, und da standen Koffer, und die Marie und der Ludwig und das Liesl waren alle sehr blass und still und hatten rote Augen, das fiel mir gleich auf, und ich sagte aber, denkt euch nur, der Berti, er hat mir, und da fiel mir die Marie ins Wort und sagte, still, sei still, ich will dir etwas sagen, ich habe mich entschlossen, nicht heute und nicht jetzt, sondern schon länger und jeden Tag etwas mehr, und es geht nicht mehr und wir passen und gehören wohl nicht mehr zusammen, und ich werde mich trennen, und den Ludwig nehm ich mit und das Liesl auch, und sie könnten bei ihren Eltern wohnen, erstmal, und ich wollte etwas sagen, was vielleicht ziemlich dumm und abgedroschen war und mit Liebe und Familie und Zusammengehören zu tun hatte, und versuchte es auch, und die Marie sagte, ja, und darüber hätte ich früher nachdenken sollen, und sie habe mich oft genug angesprochen, aber ich hätte nie zugehört und wir hätten uns immer weiter voneinander entfernt, so weit, dass wir uns kaum noch verstehen könnten, so weit auseinander wären wir, und dann hat sie die Koffer genommen, und den Ludwig und das Liesl auch. Und dann ist sie gegangen.

Über mich.

Ja, wie bereits am Ende des ersten Paslamer Bandes erwähnt, aber hier noch einmal, falls Sie den ersten Band, *Paslam, Bayern* heißt er, gerade nicht zur Hand oder noch gar nicht erworben haben, sei es gesagt, dass ich im Jahre 1957 geboren wurde, und zwar an Maria Lichtmess, und es war sehr kalt.

Später habe ich dann geheiratet und auch zwei Söhne bekommen, und noch später eine Enkeltochter. Bis heute kann ich von meinen Schreibereien immer noch nicht leben und die Familie ernähren, weswegen ich immer noch einer Nebentätigkeit in der Informatik nachgehe.

Ich lebe in Celle, da ist es fast so schön wie in Paslam, nur die Berge sind etwas niedriger und die Menschen besser zu verstehen. Für mich jedenfalls.

Einmal habe ich den Wilhelm-Busch-Preis für humoristisch-satirische Versdichtung bekommen, das war in Stadthagen, und einmal einen Preis für eine satirische Kurzgeschichte, das war in Schwerin. Des Weiteren konnte ich zahlreiche Veröffentlichungen in diversen Anthologien und der *tageszeitung* unterbringen.

Jörg Borgerding
(http://www.joerg-borgerding.de)

Eine Auswahl empfehlenswerter Bücher

Erlkönig & Co –
Neue deutsche Balladen
Anthologie
u. a. mit Balladen von
Jörg Borgerding
Geest-Verlag 2002
ISBN 10: 3-936389-34-9

Der dunkle Keller –
Nicht nur düstere Geschichten
Anthologie
u. a. mit einer Geschichte von
Jörg Borgerding
Geest Verlag 2002
ISBN 10: 3-936389-23-3

Johannes Reichhart:
Wien ist weit
Erzählungen
Newcomer-Verlag 2003
ISBN 10: 3-9310-6916-8

Fiori Poetici
Anthologie
Hrsg: Vera Raupach
Autoren u. a. Jörg Borgerding;
Wilhelm Homann
Geest-Verlag 2004
ISBN 10: 3-936389-97-8

Johannes Reichhart:
Niederösterreichisch-Deutsch
Mundart-Wörterbuch
Knorr von Wolkenstein
Magdeburg 2006
ISBN: 978-3-00018-79-3

Auslesen-Jahresband 2005
Anthologie
Hrsg.: Wilhelm Homann
Auslesen-Verlag 2006
ISBN: 978-3-939487-00-5

Ekkehard Zerbst:
Fänger jährlichen Regens.
Lyrik
Auslesen-Verlag 2007
ISBN: 978-3-939487-01-2

Bess Dreyer:
parallele orte.
Lyrik
Auslesen-Verlag 2007
ISBN: 978-3-939487-03-6

191

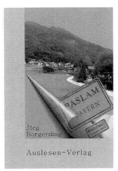

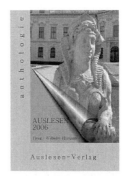

Jörg Borgerding:
Paslam, Bayern.
Erzählungen
Auslesen-Verlag 2007
2. Auflage Juli 2008
ISBN: 978-3-939487-04-3

Auslesen-Jahresband 2006
Anthologie
Hrsg.: Wilhelm Homann
Auslesen-Verlag 2007
ISBN: 978-3-939487-02-9

Anneli Homann:
Der Blaudrache.
Auslesen-Verlag 2008
ISBN: 978-3-939487-08-1

Otto Weyand:
Von Läusen und Menschen.
In Zusammenarbeit mit
Alfred R. Schulz
Auslesen-Verlag 2008
ISBN: 978-3-939487-07-4

Auslesen-Jahresband 2007
Anthologie
Hrsg.: Wilhelm Homann
Auslesen-Verlag 2008
ISBN: 978-3-939487-05-0

toll.er:
toll.dreist I & II.
Korrigierte und ergänzte
Neuauflage der ersten beiden
Bände der legendären Trilogie
Auslesen-Verlag 2008
ISBN: 978-3-939487-06-7

Jörg Borgerding:
Der Drippendeller.
Erzählungen
Auslesen-Verlag 2008
ISBN: 978-3-939487-09-8

Auslesen-Jahresband 2008
Anthologie
Hrsg.: Wilhelm Homann
Auslesen-Verlag 2009
ISBN: 978-3-939487-10-4